해제를 꿈꾸며

해제를 꿈꾸며

원상 스님 지음

시간
여행

해제라는 낱말은 석 달, 한 철의 졸업이라고 할 수 있지만
나 스스로 자신의 에고에서 벗어나는 우화(羽化)라고 할 수도 있습니다.
매미가 칠 년 이상을 땅속에서 인고 시간을 참고 기다리는 것이나
수행자가 각고의 시간과 열정으로 벼락 치는 깨달음이 있은 후에 갖는
인욕의 선물 같은 것이 참 해제입니다. 기다리지 않아도 때가 되면 해제는 올 것이지만
나의 땀으로 공을 들여 맞이한 해제는 설렘과 보람이 섞여 있습니다.

저자인 원상 스님은 미오(迷悟)의 세계를 타파하고자 자기 자신을 끊임없이 담금질해온 철두철미한 수행자입니다. 또한, 사회복지법인 연꽃마을의 대표이사를 담임하면서, 틈틈이 문예의 기와 재능을 발휘하는 문사(文士)이기도 합니다.

이렇듯 자신의 수상집(隨想集)인《해제를 꿈꾸며》을 출간하게 되었습니다. 수상집은 연꽃 마을과 함께하며 부처님의 참된 진리를 전파하고자 애쓴 결과물이며, 한낱 미물 중생일지언정 모든 생명 있는 것을 사랑하라는 부처님의 가르침을 실천해온 스님의 지론(持論)과 평소 행동철학을 반영한 내용이라 생각합니다.

또한, 스님이 가지고 있는 날카로운 분석과 역설, 문사가 갖는 가슴 따뜻한 정서를 함께 보여주고 있어, 지행합일(知行合一)의 감동을 전해주기도 합니다. 그리고, 가슴을 울리는 따스한 자비심이 넘쳐흘러 왜곡된 세계와 생명관에 대해서는 사무량심의 가르침을 담고 있어 독자들도 넉넉히 공감할 것으로 기대합니다. 살아 있는 모든 것에 대하여 사랑을 실천하시는 모든 분에게 이 책을 추천합니다.

이 책이 발간되기까지 정진해온 원상 스님의 노고에 깊이 찬탄합니다.

불기 2567년 4월

동국대학교 석좌교수, 삼천사 회주 성운 합장

사람이 세상을 사는 것은 그리 단순한 일이 아닙니다.

어느 곳을 바라 볼 것인가, 그곳을 어떻게 갈 것인가, 또 누구와 같이 갈 것인가에 관해 매 순간 선택해야 하지요. 소승은 스님들과 선원에서 함께 생활하는 것을 좋아합니다. 공부를 못 해도 공부하는 곳에 살아야 좋지 않을까, 하는 생각에 대중선원에서 많은 시간을 보냈지요. 또, 해제 기간에는 가급적 혼자 있으려 했습니다. 그래서 토굴 생활을 제법 한 셈이지요

대중생활할 때, 책을 보거나 글을 쓴다는 것은 생각하기 어렵지요. 그러나 혼자 있을 때는 나만의 시간인지라 자율적으로 시간을 잘 나누어 쓰면 글쓰기가 가능합니다. 책에 대한 목마름이 있었던 나는 항상 지역 도서관을 물색하고, 거기서 책을 대출받아 읽는 재미가 제법 있었습니다.

오일장이 서는 날이면 걸망에 반납할 책을 담고 시골 버스를 타고 읍내 장에 나갑니다. 달리는 버스에서 바라보는 풍경과 버스 안의 시

끌벅적한 소음은 내가 살아있음을 느끼게 하는 소중한 물증입니다. 시골 장터 구경은 내가 이 세상에 관광 온 외래인으로서의 여유로움을 갖게 할 때도 있습니다. 돈 몇 천원의 주점부리와 따끈한 국밥 한 그릇이면 내 삶에 뿌듯한 만족감마저 가져다줍니다. 조용한 도서관에서 책을 고르고 있으면 백화점에서 비싼 명품을 사는 것 이상의 희열이 몰려옵니다.

단조로운 삶 속에서 글 쓰는 작은 버릇은 하루 일과 중 꽤 괜찮은 일이었습니다. 아무도 나의 존재를 알아주지 않는 곳에서 글쓰기란 스스로 존재감을 살리는 유일한 방법이었습니다. 또, 내 자신을 제삼자로 보는 시각을 길러주기도 하였지요.

어쩌면 이 세상에서 나를 가장 모르는 사람이 자기 자신일 수 있습니다. 자신이 쓴 소소한 글에서 이 사람이 이런 생각을 하는 구나, 이런 모습을 갖고 있구나 하며 알아가는 시간이었던 것 같습니다.

인생에서 나와 가장 가까운 친구는 자기 자신이었으면 합니다. 그런 의미에서 글쓰기는 꽤나 큰 역할을 할 것으로 생각합니다.

자성삼보(自性三寶)에 귀의(歸依) 하오며 부끄러운 마음에 이 글을 내놓습니다.

불기 2567년 4월
연화당에서

목
차

1장. 은산철벽의
문을 열다

2장. 위없는 불도를
다 이루오리다

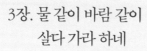

3장. 물 같이 바람 같이
살다 가라 하네

4장. 큰 꽃을 피우는 우리는 바로 상가(samgha)입니다

1장.
은산철벽의
문을 열다

걸망과 누비

걸망은 스님네의 한 살림입니다. 또, 배낭 역할을 하는 운송 수단이기도 하지요. 누비는 두툼한 솜을 넣어 누빈 겨울용 코트로 보시면 됩니다.

걸망은 길 위에 선 수행자를 표현하기 가장 좋은 물건입니다. 먹물 들인 광목으로 큰아이 하나 들어갈 크기로 만듭니다. 이 걸망 하나에 스님에게 꼭 필요한 살림살이는 모두 들어갑니다. 크기가 한정되어 있기에 꼭 필요한 것 이외에는 자꾸 내려놓는 것이 버릇처럼 되기도 합니다. 새는 무거우면 날지 못하기에 위장이 없다 하지요.

우리끼리는 걸망쟁이라고 스스로 표현하기도 하지요. 지금은 동안 거 중입니다. 참선 납자들은 겨울 한 철, 시월 보름부터 일월 보름까 지 대중 선원이 있는 곳에 모여 공부합니다. 이 기간이 지나면 해제 (解制)라 하여 다음 하안거까지 자신이 원하는 곳을 가기도 하고 혼자만의 시간을 갖기도 하지요.

해제 무렵이면 한겨울 묵은 옷가지를 모아 빨고 자신이 덮던 이불 베개를 모두 꺼내 깨끗이 빱니다. 다음 사람이 오면 새것처럼 쓰게 말이지요.

초참 시절에는 해제가 그렇게 기다려지더니 나이가 한 살, 구력이 한 살 먹다 보니 그렇게 기쁜 기다림은 아니더이다. 결제(結制)도 해제도, 만남과 이별도 삶의 일부로 받아들여서인가요. 부처님 당시에도 한 나무 아래서 삼일 이상 머물지 말라는 말이 있었는데, 아마도 사람은 한 곳에 머물면 집착하기가 쉬우므로 그리하였을 거로 생각합니다.

친한 도반 스님은 한 곳에서 정진하며 삼 년은 채우고 나왔습니다. 나는 한 철 이상을 살지 않는 스타일입니다. 어쩌면 그와는 상반된 모습을 갖고 있습니다. 어느 날, "한 곳에 몇 년씩 살다 보니 사중 돌아가는 것이 보여 잔소리가 늘더라" 라는 것입니다. 그러면서 그런 폐해가 있기도 하다고 조근하게 설명합니다. 나는 한 철 인생이라 좋은 것도 있지만, 늘 나그네 인생이라 불안정하기도 하였습니다. 길 위에 서 있는 사람이나 안정된 집에 머무르나 서로에 모습을 동경하는 것은 어쩔 수 없는 모양입니다.

오래전 한 스님이 젊은 여인과 인연이 되어 환속하였는데 꿈같은 시간은 너무 짧았고 출가 생활을 마음속으로만 간직한 채 살았답니

다. 자신의 방을 따로 마련하고, 그 방에 자신이 쓰던 걸망과 누비를 걸어 놓은 채, 한 번씩 앉아서 바라보고 한숨을 쉬었다 합니다. 그 사람은 세속인도 출가인도 아닌 어정쩡한 삶을 산 것이지요.

출가는 용기 있는 사람이 하는 것입니다. 걸망 하나 매고 행각하다 어느 이름 모를 곳에서 논두렁을 베고 죽을 각오가 돼 있는 사람이 하는 것이랍니다. 자못 비장할 수 있으나 그래 생각하고 살아도 어려운 것이 우리네 삶이지요.

누비는 수행자에게 사계절 거치며 사용할 외투이고 이불입니다. 젊은 날, 나는 일 년 내 누비를 입고 살기도 하였습니다. 더운 여름이면 얇은 티셔츠 하나 입고 그 위에 누비를 입습니다. 동작이 신속하면 땀이 나기 쉽기에 천천히 나무늘보처럼 걷고 움직였습니다. 어느 때 지나는 이가 한여름에 그 옷이 덥지 않으냐고 물어올 때면 '보는 사람 마음이 덥지요'라며 한마디 하고 지나치곤 했습니다. 지금 생각하면 부끄러운 치기였습니다.

내 누비는 사미계 받을 때 은사 스님께서 해주신 누비였는데 동료 가운데 으뜸으로 좋은 것이었습니다. 기지가 따뜻하고 부드러워 살에 그냥 닿아도 촉감이 좋았습니다. 그 좋은 누비를 누구를 입혀서 보냈는데, 지금 생각하면 별로 안 좋은 기억입니다.

일 년 후배 스님이 있었는데 이 친구는 정상적인 출가가 아니라 노동운동을 하다가 스님을 운동권에 포섭하려는 일종의 계획을 갖고 출가한 이였습니다. 시대를 비판하고 군사 독재와 여러 가지 세상의 모순을 끊임없이 이야기하였습니다. 그래도 이글거리는 그 눈동자에서 나름 진정성을 보았지요. 이 사람 때문에 사회과학 서적을 대충 읽었습니다. 님 웨일스의《아리랑》,《해방 전후사의 인식》. 중국 공산 혁명을 다룬 에드거 스노의《중국의 붉은 별》. 이영희 선생님과 백기완 씨를 이때, 다 접하였습니다.

속리산의 추운 겨울이었습니다. 이 스님이 떠난다고 걸망을 지고 나서더군요. 적삼 바람에 소매로 찬 공기가 막 들어올 판인데 내 마음이 좋지 않더군요. 그래서 잠깐 기다리라 하고 내가 아끼던 누비를 들고 나왔습니다. 어디 가든 춥지 않게 지내라고 한마디 하면서 건넸습니다. 그해 겨울은 유난히 추웠습니다. 그런데 이 인간이 그길로 나가 어떤 여인과 눈이 맞아 결혼하였습니다. 지금도 생각하면 은근 부아가 납니다.(입지 않을 거면 내게 보내주지, 속리산 겨울 날씨가 얼마나 추운데…) 다정(多情)도 병입니다.

나중에 도반 스님에게 누비를 하나 얻어 입었는데, 아주 많이 낡고 오래되어 기지가 많이 삭은 것이었습니다. 이 누비가 내게 온 경위는 대충 이렇습니다.

우리는 강원에서 경전을 보는 학인이었습니다. 도반 스님의 은사 스님은 가난한 수좌였는데 어쩌다 법주사를 지나가게 되었습니다. 온 길에 이왕이면 상좌 얼굴 한번 보겠다고 들렀습니다. 헤어지면서 뭐라도 건네고 싶은데 수중에 별것이 없으니 스님께서 입고 온 누비를 벗어 준 것입니다. 한데 은사 스님은 키가 작고 도반 스님은 키가 크니 옷이 맞지 않아 내게 준 것입니다. 내게도 작았으니 치수가 아주 아닌 것을 마음만 주고 간 것입니다. 참 생각하면 눈물 나는 이야기이기도 합니다.

내게 누비를 건네준 도반 스님은 지금 속초 보광사 회주이신 석문 스님입니다. 마음이 넓고 혜안이 깊어 속 깊은 이야기를 상의할 때는 스님에게 자문을 구합니다. 형 같은 스님이 있어 선원을 다닐 때도 기 안 죽고 다녔습니다. 내게 무슨 좋은 일이라도 있을라치면 본인이 더 좋아하고 소문내고 그럽니다. 늘 감사한 마음을 갖고 삽니다.

금강경에 무겁고 귀한 글귀 하나 소개합니다.

응무소주 이생기심(應無所住 以生起心). 머무른 바 없이 마음을 내라는 말씀인데 쉬운 말로 하면 항상 처음처럼 살라는 뜻입니다. 사랑하더라도 첫사랑처럼 하고, 누구와 만나도 선입관 없이 처음 만남처럼 하고, 매일 같은 하루가 아니라 내 인생에 처음 마주한 하루처럼 대하라는 뜻입니다. 매일, 날마다 새롭고, 하루하루가 기대되는 인생입니다. 내 마음 안에 그 무엇도 쌓아두지 말고, 미움도 사랑도 그리움도 외로움도 억울함도 불안함도 머물게 하지 말고, 새 인생에 첫날인 양으로 살아가라는 말입니다.

누가 지었는지 소주 이름을 '처음처럼'이라고 지었던데 참 절묘하게도 지었습니다. 술에 대한 기억이 좋은 사람도 있고 좋지 않은 사람도 있을 텐데, 그런 과거의 오염된 기억 없이 처음처럼 한다는 것은 설렘 자체가 아니겠습니까?

가끔 다른 스님들의 절에 방문하면 제일 많이 걸려있는 글귀가 '응무소주 이생기심'입니다. 그렇게 살고 싶다는 의지의 표현이라고 할 수 있겠지요.

「증인」은 믿을 수 없는? 변호사 정우성과 천재의 기억력을 가진 자폐아 증인 김향기가 나오는 영화입니다. 불교라는 단어 한번 쓰지 않았어도 정말 잘 짜인 불교 영화입니다. 정우성의 집 거실에 걸려있는 액자가 있는데 그 글귀가 '응무소주 이생기심'입니다. 억울하고 약한 자 편에 서겠다고 법조인이 되었는데 억눌린 현실 앞에 불의와 타협하고 그 무리에 하나 될 때쯤 어느 사건의 증인 김향기를 만납니다. 어쩌면 순호라는 이름을 가진 변호사의 첫 마음가짐으로 돌아오는 영화라고 볼 수도 있습니다.

이 영화에서 '응무소주 이생기심'은 이 영화의 전체의 흐름을 보여주는 상징일 수도 있습니다. 아버지역 배우 박근형이 아들 정우성에게 순호야! 하고 부르는데 순호라는 이름이 낯설지 않았습니다. 가만 생각해보니 청담 큰스님의 법명이었습니다. 청담 스님의 옛이야기를 아는 사람은 알아들을 것입니다.

사람에 기운과 힘은 순수함에서 나온다고 생각합니다. 중노릇도 사람 노릇도 말입니다. 내게 걸망과 누비는 일종의 그런 단어입니다.

아상과 아집을 꺾는 회초리, 죽비

죽비는 절에서 목탁과 더불어 제일 많이 쓰는 법구입니다. 요즘은 간혹 정치인이 죽비의 경책을 맡겠노라며 죽비를 들먹이기도 합니다. 대중처소에서 죽비는 권위를 상징합니다. 죽비 잡은 입승이나 찰중 스님은 한 철 대중을 이끄는 '리더'라고 생각하면 틀리지 않습니다.

큰방에서 입승 스님을 선출하고 나면 하판에 두 스님이 가사를 수(垂)하고 나와 경상에다 죽비를 실어 입승 스님 앞에 내려놓고 큰절 삼배합니다. 두 스님의 절은 모든 대중에 뜻을 전하는 의식이고, 새로 뽑힌 입승 스님께서 합장으로 죽비를 받아들여야 합니다. 소위, 이 죽비 전달식은 한 철 전권을 대중이 뽑은 입승 스님에게 위임하는 절차입니다.

죽비 세 번을 치면 시작과 끝을 알리는 것이요 죽비 한 번을 치면 방선(放禪)의 의미가 있고 두 번이면 그때 따라서 의미가 정해집니다.

목탁 또한 치는 횟수에 따라서 그 의미가 정해져 있습니다. 큰 목탁으로 세 번 내려치면 대중들 모두 모이라는 운집 목탁이요. 두 번 내려치면 울력 목탁이고, 한 번 내리면 공양 목탁입니다. 이렇게 목탁과 죽비로 약속을 정해놓아 전달하기에 대중이 아무리 많아도 말이 없어도 일상생활에 큰 문제는 없습니다.

큰절에는 곳곳에 묵언이라는 낱말을 새겨 걸어놓거나 붓글씨로 크게 써서 붙여놓습니다. 묵언할 때, 묵(黙)이라는 한자를 가만히 뜯어보면 '동네에 시끄러운 개를 끓이니 동네가 고요하다'라는 뜻을 내포하고 있습니다.

오래전 어느 날 묵자를 이렇게 뜯어 읽고서는 무릎을 친 기억이 있습니다. 선가(禪家)에 가풍인 조계종 큰 절은 대체로 선원을 개원하고 있는데, '이 문에 들어선 이는 알음알이를 갖지 아니한다'라는 뜻의 '입차문래 막존지해(入此門來 莫存知解)'라는 글귀를 새겨 걸어놓습니다. 묵언을 강조하는 집안에서 본질적인 것이 아닌 이상 모두 삿된 견해를 만드는 헛수고일 뿐이라는 이야기이겠지요.

죽비는 또한 경책에 의미가 있습니다. 어떤 스님이 일과를 일탈하거나 잘못이 있으면 백 팔 배, 오 백배, 천 팔십 배 심하면 삼 천 배까지 참회의 절을 시킵니다.

보통 두 번 세 번까지 참회를 시키고 안 되면 경책에 들어갑니다.

이것을 절에서는 죽비 공양이라고 합니다. 정진하다가 졸 때는 어깨에 장군 죽비를 내려 졸음을 가시어 또렷한 의식으로 정진하게 도와줍니다.

죽비 공양이 들어갈 때도 절차는 분명합니다. 대중공사 끝에 어떤 결정이 내려지면 경책을 받는 스님은 무릎 꿇어 앉아 있고, 죽비 공양을 내리는 스님은 그 스님에게 다가가서 합장 반 배 한 후, '공양을 받으시겠습니까?'라고 의사를 묻습니다. 안 받겠다고 하면 거기서 대중공사는 끝나고 스님은 걸망을 지고 절을 떠나는 것입니다. 받겠다고 하면 무릎 위의 장삼을 양옆으로 흩어놓고 허리를 뒤로 젖혀서 양팔로 방바닥을 집고 의지하여 최대한 무릎 위에 죽비가 잘 내려칠 수 있도록 돕습니다.

장삼을 죽비가 닿지 않도록 하는 것은, 장삼은 부처님 옷이기에 그렇습니다. 이렇게 대중살이는 엄격한 질서가 살아있어서 대중의 어려움과 무서움을 몸과 마음으로 익힙니다.

죽비는 권한이고 권력입니다. 그래서 입승 소임자를 뽑을 때는 신중해야 합니다. 무엇보다 소임자는 무릇 대중의 편에서 대중을 이해하고 정진하려 모인 처음 취지를 잊지 않으며 공부 분위기를 헤치는 이가 있으면 과감하게 척결해야 합니다.

지혜와 용기가 필요한 자리입니다. 선원에 청규를 잘 지켜야 하나 어느 때는 유도리로서 대중에 윤활유 역할을 해야 합니다. 한 철 농사는 어떤 소임자를 뽑느냐에 달려있습니다.

죽비는 대중을 살리는 활인검이고 아상과 아집을 꺾어 주는 회초리입니다. 죽비 잡는 분을 잘 뽑아야 합니다.

대각의 깨달음과 해탈을 위한, 결제

석가모니 부처님께서는 지금의 네팔인 카필라성의 왕자로 태어나셔서 스물여덟에 할애 출가(割愛出家)를 하셨고 깨우치고 나서는 인도 전역을 전법의 무대로 삼으셨습니다. 나는 몇 해 전에 부처님의 팔대 성지를 다녀왔는데 각 성지의 간격이 사실 대단하였습니다. 보통 열 몇 시간씩 버스를 달려서야 한 성지에 다다랐는데 아마도 걸어서는 몇 달 걸렸을 겁니다. 석가모니 부처님을 길 위의 성자라고들 하였는데 나는 전적으로 동의합니다.

인도에는 우기(雨期)라 하여 4월 즈음부터 두 달가량 우리네 장마처럼 비가 내립니다. 우기가 시작하면 비를 피할 수 있는 동굴이나 신도가 제공한 정사精舍에서 수행자가 모여 약속한 규범을 가지고 두 달 동안 결제(結制)를 진행합니다.

거듭 결제를 지속하다 보니 수행자라 하면 반드시 해야 하는 관습과 전통이 되었지요. 서로서로 묶고 의지하여 이 기간만큼은 산문 출입을 자제하고 자신과 긴 싸움을 시작하는 것입니다.

음력 시월 보름부터 정월 보름까지 동안거 결제를 전국 사찰에서 진행합니다. 특히, 전국 선원에서는 눈 푸른 납자들이 모여 일대사 인연 과제를 해결하기 위하여 안거에 들어갑니다. 스님들은 최소한 13일까지는 선원에 들어와서 한 철같이 공부할 도반들과 인사하고 한 철 살아야 할 도량을 눈에 익히고 전각에도 참배하며 낯섦을 지웁니다. 다음날 14일 저녁에는 전 대중이 모여서 용상방이라는 것을 짜는 데 각자의 소임을 정하는 것입니다. 보통은 한 철 이끌 입승 스님을 뽑고, 입승 스님 주도하에 방을 짜기 시작합니다. 먼저 사중에 어른이신 조실 스님과 선원장 스님과 주지 스님을 추대로 모시고 그다음에는 하판 소임인 욕두, 정통, 지전, 소지 등 하 소임부터 짜고 올라옵니다.

마지막으로 방을 모두 짜면 이 철에 몇 시간 정진할 것인지 시간을 정하고 일종식과 오후 불식 또 묵언할 대중의 바람에 의하여 인정해 주는 절차가 있습니다. 서기 스님은 이 모든 것을 정리하여 용상방 사찰에서 불사가 있을 때 각자의 맡은 일을 써서 붙이는 안내문에 올리고, 원주 스님은 다음 날 겨울 한 철에 쓸 털신과 우산 그리고 소임별로 필요한 물품을 청구받아 시장에 다녀옵니다. 15일 사시에 조실 스님의 결제법문을 시작하여 동안거가 시작합니다. 대체로 선원

의 분위기는 장중한 느낌이고 처음보다 수행자 본연의 모습이 드러
납니다.

어쩌면 결제(結制)란 생사윤회의 고리를 이 기간에 끊겠다는 서로
간의 굳은 약속이며 다짐일 것입니다. 수행자에게 결제란 대각의 깨
달음을 이루어 해탈에 이르기까지 숨이 붙어있는 그 순간까지도 결
제라 할 것입니다.

도반의 한 사람으로 여러분의 동안거 결제를 응원합니다.

동암東庵

동안거 방부 전화를 각화사 주지스님께 드렸습니다.

"원상입니다, 사형!"

"아! 원상 스님"

"스님! 이번 동안거는 각화사에서 나고 싶은데 어떠신지요?"

"아, 좋지요. 겨울을 같이 납시다."

"그러면 결제 며칠 전에 들어가겠습니다."

용상방(龍象榜,사찰에서 불사가 있을 때 각자의 맡은 일을 써서 붙이는 안내문)은 결제 전날 저녁예불이 끝나면 짜는데, 그때서야 동암(東庵)에 살게 되었음을 알게 되었습니다.

동암은 태백산 자락 팔백 고지쯤에 있는데 전망은 일망무제(一望無際)여서 가슴이 시원하고 좌향은 남향이라 햇살은 양명하고 따뜻한 곳입니다. 아침 공양 마치고 암자 뒷길로 능선에 오르면 얼음꽃 상고

대가 펼쳐지고, 이곳에서 바라본 태백산 천제단은 작은 성냥갑보다 더 작게 아스라이 보입니다. 되돌아 내려오는 시간이면 그새 햇살이 올라 밤새 피운 얼음꽃을 눈물 같은 방울로 거두어 갑니다.

큰절은 정진 시간을 16시간 짜고 동암은 12시간 짰습니다. 정진 시간에 따라 취침 시간이 정해지는데 16시간으로 짜면 두 시간 잠자고, 12시간 정진하게 되면 네 시간 잠을 자게 됩니다.

시간은 그리 정해두어도 더 독하게 하는 정진파가 더러 있기 마련입니다. 시간이 갈수록 눈망울은 또렷해지고 목소리에 굵은 마디가 생깁니다.

나는 이 철 소임은 화대를 자원하였는데 잘한 일은 아니었습니다. 화대는 나무하고 하루 두 번 저녁나절과 새벽 아궁이에 불을 때는데, 아궁이는 댓돌에서부터 깊고 좁아 불을 땔 때는 자세가 보통 옹색한 것이 아닙니다. 또 집이 어떻게 되먹은 것인지 방바닥은 뜨거운데 실내 온도는 항상 코가 시리고 새벽에는 16도까지 기온이 떨어지니 나는 더러 조는 것도 아니고 깬 것도 아닌 가사 상태가 되기도 합니다. 방안에 바람막이로 쳐놓은 두꺼운 비닐은 별무소용입니다.

그래도 사람은 다 살게 마련인 모양인지 다섯 명이 전체 대중인데, 막내 스님이 아주 절을 열심히 하였습니다. 몇 년 전에 우연히 만났는데 내가 아직도 절을 열심히 하느냐고 물으니 여전하다 합니다. 50분 정진하고 10분 쉬는데, 그 시간에 산신각을 가든, 지대방을 가든,

어디서든 108배를 합니다. 빠르게 절을 하여 체온을 올려놔야지, 또 한 시간을 버티기 때문입니다. 그래서 그런지 가끔 그런 이야길 합니다. 가장 짧은 시간에 행복할 수 있는 것은 108배라고요. 믿기 힘드시면 지금 해보셔도 좋습니다.

사람은 몸과 정신을 반씩 쓰면 이상적인데 너무 한쪽으로 기울면 이로운 게 없습니다. 마음에 병이 나는 것은 몸을 너무 쓰지 않기 때문입니다. 또, 몸에 병이 나는 것은 반대로 정신이 흐트러져 있기가 십상입니다. 몸과 마음이 둘이 아니기도 하거니와 그래서 무게도 다르지 않습니다.

반찬은 막내 스님이 열흘에 한 번 큰 절에서 공수해 오는데 얼핏 봐도 냉장고에서 오래 있던 것을 가져오는 듯합니다. 주전부리할 것이 없으니 밥때는 정말 휴식이며 행복한 시간입니다. 어느 때는 눈을 감고 음식이 주는 충만한 행복을 느낍니다. 밥때가 기다려지는 행복은 가난한 자에게 주는 위로의 선물입니다. 고대광실 산해진미라 할지라도 이런 선물은 힘들 것입니다.

어느 날 욕심껏 나무 한 짐 해오다 길 비탈에서 미끄러져 지게와 같이 넘어졌습니다. 그래도 다시 대충 나무를 싣고 돌아왔는데 한 스님이 내 말을 듣고서는 '스님! 그래도 그만하기 다행입니다.'라며 위로를 하는데 그도 그럴 것 같았습니다. 그런데 아프기는 그다음 날부터 허리가 아프기 시작했습니다. 수좌가 아파서는 안 될 곳이 허리인데 걱정이 되더군요.

이것이 하루가 갈수록 풀리는 것이 아니라 더 한 것이, 정진을 마치고 나니 내 몸은 15도 이상 틀어져 있었습니다. 정진 대중이 정진을 빠지면 몸 아픈 것보다 마음이 더욱 불편합니다. 대체로 마음 편한 인생은 아니었으나 이때처럼 불편했을 때가 없는 것 같았습니다.

동암(東庵)에서의 안거는 성만 하지 못했습니다. 그 시절 나는 많이 힘들어했을 것입니다. 지금은 포항의 큰 절 주지 겸 선원장을 하시는 사형에게 물었습니다.

"스님! 그때, 왜 저를 동암에 올려보내셨어요?"

"동암은 근세 고승이 다 한번은 거처 같던 도량이었습니다."

그래, 그랬지요. 제게는 항상 고마운 사형님입니다. 한 번씩 뽕잎 차며, 다기며, 죽염에 경옥고까지 당신이 만드시는 것은 잊지 않고 보내주십니다.

어떤 반 철은 성만한 것 보다, 잊지 못하는 철도 있습니다. 동암은 제가 나온 몇 년 뒤, 새로 지어서 땔나무는 하지 않습니다.

봉암사

문경 가은에서 들어가는 길은 한적하여 시간마저 천천히 흐르는 듯합니다. 봉암사 팻말 있는 곳에서 꺾어 들어가다 보면 멀리 잘 벗어진 이마를 가진 달마를 닮은 봉우리 하나가 허연 낯빛으로 서 있습니다. 그 봉우리가 희양산입니다.

선방에서는 이런 이야기가 있습니다. 수좌들의 수도는 가야산 해인사이고, 고향은 희양산 봉암사라는 것이지요. 봉암사가 고향인 이유는 대중이 많이 살기도 하거니와 머리 까만 사미 때부터 선원 생활을 봉암사에서 시작하여 습의를 익히고 경전을 공부하기 때문입니다.

봉암사는 주지도 큰방에서 정진 대중이 모여 뽑는 것으로, 요즘 말로 한다면 지자체라고 할 수 있습니다. 일 년에 초파일 하루만 산문을 여는 것으로도 알려졌지요. 봉암사는 산문을 들어서면서부터 속세의 번잡함이 스스로 떨어지는 것 같은 고적한 분위기입니다. 절 앞의 계곡은 물울음이 그치지 않고, 뒷산은 40년 이상 일반인의 출입을 통제하여 생태계가 살아있는 그대로 자연입니다.

어느 가을, 산철 결제방을 짤 적에 산감을 지원하였습니다. 내가 사수이고 부사수가 두 명 더 해서 세 명이 가을 산감을 보았지요. 산감은 산을 지키는 일입니다. 희양산은 백두대간에 걸쳐 있어 등산객이 절 쪽으로 내려오기도 하고, 희양산 정상을 향하기도 하여 그것을 막아내는 겁니다. 3일은 한적하니 좋았습니다. 다들 정진하는데 우리 세 명만 도시락 싸서 산으로 출근하니 들뜬 마음으로 길을 나섭니다.

걸어서 산길 한 시간 거리입니다. 차떼기로 산행하는 산악회가 다가오면 말 그대로 전쟁입니다. 그들은 희양산 정상으로 가려하고 우리는 막아야만 해서 육체적으로나 정신적으로 고된 소임입니다. 제 앞에 산감 소임을 봤던 스님은 중노릇 40년에 처음으로 회의를 느꼈다 하시더군요. 충분히 이해가 갑니다.

제 옆방을 썼던 한 스님은 내가 퇴근해 내려오면 인사말이 '산감 스님! 송이 땄어요?'라며 노랫말인 양 인사를 건넵니다. 한두 번은 '나, 송이 따는 사람 아닙니다.'라고 웃으며 대답했는데 자꾸 반복되니 그것도 스트레스로 쌓이더군요. 그래서 하루는 후배 스님 둘에게 '오늘은 송이 한번 보자'라고 하였습니다. 전직이 가구 디자이너였다는 스님이 '스님! 제가 송이 나는 곳을 압니다'라고 하여 저희의 위수

지역을 벗어났습니다.

우리의 출근지를 벗어나 용추 토굴을 지나 한두 시간 걸은 것 같습니다. 한참을 앞서가던 후배 스님이 '스님 여기가 아닌 것 같은데요'라고 합니다. 아! 참 황당했습니다. 산 절벽 앞까지 왔다가 씁쓸한 마음으로 발길을 돌렸습니다. 한참 내려오다 세 스님은 왔던 길로 가고 나는 능선 길로 가려고 오르는 데 거기서 능이를 마주했습니다.

처음이었습니다. 한두 송이가 아니고 밭이었습니다. 소리쳐 대중을 부르고, 가져온 배낭에 차곡이 담아도 반도 못 담았습니다. 보람찬 산행을 마치고 후원에 원주 스님에게 한마디 했습니다.

'원주 스님! 오늘 능이를 아끼지 말고 실컷 한번 먹읍시다. 내일, 오늘 가져온 만큼 다시 따 올 테니까요.'

그날은 능이로만 사찬을 했습니다. 나는 그날 봉암사에 길이 남을 능이 전설을 만들었습니다.

제게 봉암사는 언제든 돌아가고 싶은 고향이며, 나의 젊은 날입니다.

나는 무슨 죄입니까?

오래전 김천 직지사 선원에 산 적이 있었습니다.

직지사의 전설 하나는 아도화상이 황악산을 가리키며 저곳에다 절을 지으면 좋겠다하여 '곧을 직'자에 '손가락 지'를 써서 직지라는 말이 하나 있고 또 하나는 직지인심 견성성불(直旨人心 見性成佛)이라 하여 사람의 마음을 바로 가리켜 성품을 보니 부처를 이룬다는 뜻이 있습니다. 참선가에서는 사람의 본래 성품을 바로 깨달으면 그것이 해탈이고 열반이라고 생각합니다.

세계인류 문화유산인 금속활자 직지를 직지심경이라고 합니다. 하지만 직지심경이라고 하면 맞지 않습니다. 직지심체요절이라 해야 맞습니다. 경이라 하면 부처님께서 설하신 것을 경이라 하는데 직지는 삼삼조사라 하여 부처님을 일대(一代)로 치면 달마대사가 28대 조사이고 육조 혜능 스님이 서른세 번째 조사가 됩니다. 이 삼삼조사의 오도송이나 임종게를 적어 놓고 주해를 단것이 직지인데, 심체요절 (心體要節), 마음자리의 요긴한 부분을 정리해 놓았다는 것이 맞을 겁니다.

나는 오래전 어떤 인연으로 이 직지를 얻어 갖고 있었습니다. 어느해 겨울에 본 적이 있는데 가슴으로 보았고, 그 이후로 어지러움은 넘어간 듯합니다. 보기가 쉽지 않으나 한번 제대로 보면 왜 부처님 법을 심지(心地) 법문이라 하는지 알 것입니다. 그 직지사 안에 천불선원이 있는데 그 선원에서 동안거를 났습니다.

나는 그즈음에는 과묵한 수좌였습니다. 누구와 어울려 말하는 것을 좋아하지 않았고 정진 시간 외에는 될 수 있는 대로 홀로 있으려 했습니다. 그 철에 나름 고참급이어서 지금 구례 화엄사 선원장으로 있는 본해 스님하고 한 방을 배정받았는데, 나는 삼 일만에 대중 지대방으로 거처를 옮겼습니다. 옮긴 이유는 이 스님이 과도하게 방 청소에 집착하여 삼 일만에 피로를 예감하여 대중과 같이 있는 것이 차라리 낫겠다고 판단한 것입니다.

황악산의 겨울은 춥고 바람이 거셉니다. 그래서 저녁 공양 이후로는 바깥출입을 자제하며 지대방 한쪽 구석에 있다가 저녁 정진을 들어가는데, 그 철 입승을 보았던 스님이 말씀하는 것을 무척 좋아하는 스님이었습니다.

어느 때 보면 말하다가 얼굴이 벌겋게 달아오르고 침까지 튀는 것이 조금은 과하기도 하였습니다. 추워서 달리 피할 곳도 없는데 한쪽에서는 계속 떠들어대니 참으로 난감한 처지였습니다. 몇 날을 참다가 결국에는 나도 터지고 말았습니다.

"입승 스님! 거 조용히 좀 합시다. 공부하러 왔으면 공부나 할 것이지, 대중 방에 와서 이게 뭐 하는 겁니까?"

그 성질을 버리지 못하여 결국에는 폭발했습니다. 참 서로 무안했지요. 그런데 그 스님께서 며칠 지대방에 출입을 삼간 듯하더니 다시 저녁에 들어와서 또 구라를 치십니다. 하판 스님들은 입승 스님이 어려운지라 고분고분 듣기만 하고 나도 며칠 전 낯을 붉힌 터라 그냥 포기하고 가만히 앉아있었습니다.

그런데 이야기를 한참 하다가 자신의 여 조카가 아주 예쁜데 내일 직지사로 온다고 합니다. 자랑도 아니고 뭣도 아닌데 그 이야기를 하다 말고 나를 쳐다보면서 하시는 말씀이 '그런데 말이지 다 소개해도 원상 스님은 소개하지 않을 거야!'라고 하십니다. 아니 누가 누구를 소개해 달라고 했나요? 참 어이없는 의문의 일격을 당하였습니다. 허 참! 이런 경우를 소심한 복수라고 하나요.

그 스님을 다시 한번 우연히 만났는데, 도반들이 제주도에서 모임을 한 적이 있습니다. 마라도 가서 점심을 짜장면으로 했는데 그 짜장면집에 입승 스님이 스님 두 분하고 같이 들어오셨네요. 우리는 열 명의 스님이었는데 별말씀 없이 점심값을 모두 계산해 주셨습니다.

다들 순진해서 때로는 격해지기도 했던 젊은 날이었습니다. 얼굴 한번 못 본 스님의 여 조카가 궁금해집니다. 최백호의 노래 가사처럼….

"그 여인도 나처럼 어디에서 늙어 가겠지."

인욕의 선물, 해제

선원에서 하(동)안거 해제(解制)를 며칠 앞두면 선원은 조금씩 들썩입니다.

최소한 삼 일 전에는 이불 빨래를 해야 하고, 이틀 전에는 개인 옷가지를 세탁해야 하고, 하루 전에는 각자 소임별로 청소하고 마지막으로 큰 방이나 도량 구석구석을 다 함께 대청소합니다. 입승이나 청중 소임자는 안 보는 듯이 지나가며 하나하나 검사합니다. 새내기일수록 국민학교 시절 소풍을 기다리는 아이의 설렘은 한 철 한 철, 철수가 더해질수록 기다림은 여려집니다. 오래도록 정진한 구참(久參) 스님은 해제가 다가올수록 다시 또, 한 철 소득 없이 보내었구나 하는 자괴감 같은 것이 들어 우울해 하기도 합니다.

해제라는 말은 결제라는 말의 상대어로 묶인 것을 푼다는 뜻입니다.

나를 묶고 있는 것은 여러 가지 일 겁니다. 대체로 자기 자신이 원하고 좋아하는 것이 자신을 묶고 있다고 보면 틀리지 않을 겁니다. 그래서인지 절집에서 잘 쓰는 표현이 방하착(放下着)이라는 말인데, 말인즉슨 '내려놓는다'라고 이해하면 맞을 듯합니다. 어쩌면 세상과 삶은 역설의 시장터입니다. 사랑·명예·재물, 소위 세속적 욕망에 전력하여 행복을 삼으려 하나 그것 때문에 온갖 고초를 다 겪고 쓰디쓴 좌절을 맛보기도 합니다.

학교 다닐 때 방학을 손꼽아 기다리고, 군대 가서 달력에 제대 날짜를 각기표 치는 것은 타율에 대한 이유 있는 항변이고 반항입니다. 그런데 저 좋아서 출가하고, 저 좋아서 선원에 들어온 수행자가 해제를 기다린다는 것은 세렝게티 초원의 야생동물이 원시의 자유 본능과 크게 다르지 않다고 할 것입니다.

행복이 우선일까요? 자유가 우선일까요?

해제라는 낱말은 석 달, 한 철의 졸업이라고 할 수 있지만, 나 스스로 자신의 에고에서 벗어나는 우화(羽化)라고 할 수도 있습니다. 매미가 칠 년 이상을 땅속에서 인고 시간을 참고 기다리는 것이나, 수행자가 각고의 시간과 열정으로 벼락 치는 깨달음이 있은 후에 갖는 인욕의 선물 같은 것이 참 해제입니다.

얼마 전 태공당 월주 큰스님의 입적으로 김제 금산사에 조문을 다녀왔습니다. 돌아오는 길에 오래전 금산사 서래선원에 살던 기억이 되살아났습니다. 동안거 겨울이었는데 대통령 선거가 있었고, 김대

중 선생이 대통령이 되었으며 누가 입승을 살았고, 누가 어찌 살았는지 주마등처럼 떠오릅니다.

나는 마호라는 소임을 맡았는데, 마호는 풀을 쑤는 소임으로 스님 옷이 풀 옷이 많기에 만들어진 소임입니다. 풀을 쑤다 죽 쑤기가 일 쑤인데, 여러 번 시행착오 끝에 풀을 풀 같이 쑤는 실력이 되었습니다. 무명옷이나 광목옷을 깨끗이 빨아 말려서 햇살 좋은 날을 택하여 세숫대야 풀물에 담가 빨래 짜듯이 치대고 짜고를 반복합니다.

많이 치댈수록 풀이 옷감에 잘 먹습니다. 풀 먹인 옷은 마치 허수아비가 서 있는 것처럼 걸어놓아 북어처럼 말려야 잘 마른 것입니다. 이 옷을 걷어다 분무기로 물을 촘촘히 뿌려 잘 개어 발로 밟고 또 밟습니다. 밟는 공이 있어야 풀이 전체로 고르게 스며들어 부드럽습니다. 그리고 나서 다리미질합니다. 적게 잡아도 이틀의 공이 담겨야 사각거리는 광목 기지의 승복을 입을 수 있습니다.

기다리지 않아도 때가 되면 해제는 올 것이지만, 나의 땀으로 공을 들여 맞이한 해제는 설렘과 보람이 섞여 있습니다. 돌아오는 음력 칠월 보름이 하안거 해제입니다. 아이처럼 가슴이 설레는 해제를 맞이하시길 고대합니다.

금산사

얻을 수도 없고 버릴 수도 없나니 取不得捨不得

어느 때인가 선원의 후배 스님 한 분이 질문했던 적이 있습니다.
"스님은 어디 살 때가 제일 좋았습니까?"

나는 고민하지 않고 대답한 곳이 합천 해인사, 구례 화엄사 그리고 수덕사 암자인 정혜사 선원이라고 대답한 적이 있습니다.

나는 그 세 곳의 선원에서 정진할 때 맑고 또렷하고 즐거워서 정진하니, 마니 그런 생각도 없이 살았던 거 같습니다.

이 이야기는 정혜사 능인선원에 살 때의 이야기입니다.

정혜사는 근대 선지식인 만공 스님이 주석하시고 후학을 지도하신 도량입니다. 큰스님께서 거주하신 곳은 정혜사 축대 아래쪽에 있는 아담한 두 칸짜리 집입니다. 금선대라 하고 만공 스님께서 주석하신 이곳에서 동안거를 났습니다. 선방 스님은 이 말이 무슨 의미인 줄 알 것입니다.

시간은 아마도 이십 년 전인 것 같습니다. 나는 선원에서는 해맑은 소년 같았습니다. 앉아있어도 좋고, 포행할 때도 좋고, 이불 깔고 취침할 때도 좋았습니다. 덕숭산은 높지 않으나 기운이 좋은 산입니다. 이리저리 산을 헤집고 다니다 어느 바위에 앉았는데 기운이 아주 다른 느낌을 받았습니다. 다음날도 그다음 날도 가서 앉았는데 분명한 힘이 느껴졌습니다.

그 당시 선원장이 지금의 수덕사 방장 스님이신데 그 어른께 한번 물었습니다.

"원장 스님! 제가 포행하다 어느 바위에 앉았는데 느낌이 아주 힘찬 기운을 느꼈습니다. 어찌 제가 이상한가요?"

원장 스님이 말씀하시더군요.

"스님 이야기가 맞습니다. 다른 한 곳이 더 있는데 한번 찾아보시지요."

그러고는 그곳을 일부러 찾지는 않았습니다. 이런 것도 있구나 하면 되는 것이지 굳이 거기에 얽매일 필요는 없을 거 같았기 때문입니다.

정혜사와 가까이에 작은 암자가 하나 있는데 거기에는 키가 크고 허리가 곧은 노스님 한 분이 혼자 사셨습니다. 하루는 그 암자를 지나치다 그 어른 스님을 만났는데 '어디 사느냐'라고 하시길래 '금선대 살고 있다'라고 하니 잠깐 들어오라고 하셔서 어른 처소에 들었습니다. 기교 없는 살림살이의 방은 담박하였습니다.

작설차를 주셔서 말없이 차를 하는데, 노스님께서 대뜸 한주먹을 쥐면서 말씀하셨습니다.

"여기 내 손 안에는 작은 새 한 마리가 있는데, 계속 들고 있으면 이 새가 죽을 것이고, 내가 이 주먹을 풀면 새가 날아가 버릴 것인데 자네라면 어찌하겠는가?"

나는 아무 말도 하지 못했습니다. 이런 것을 선가에서는 선문답이라고 하고, 거량이라고도 합니다. 답답하기도 하고, 영감쟁이가 원망스럽고 부끄럽기도 하여, 자리를 빨리 벗어났으면 좋겠다는 생각만 들더군요. 사실, 나는 두 세 번의 견처가 있었다고 자부하던 터였는데 보기 좋게 한방 얻어맞았습니다.

그 노스님은 젊은 시절부터 만공 스님 문하에서 참학하였던 은둔 고수이셨습니다.

그대라면 어찌하시겠습니까? 얻을 수도 없고 그렇다고 버릴 수도 없다면 어찌하시겠습니까? 하나 팁을 드린다면 개에게 나무때기 같은 것을 던지면 개는 그것을 쫓아갑니다. 그런데 사자에게 그와 같은 것을 던지면 던진 그 사람을 물어 죽일 것입니다.

어찌하시겠습니까?

나는 노스님들을 좋아했습니다. 할아버지 같기도 하고, 친구 같기도 하고, 어른티 안 내는 그런 노스님들을 좋아합니다. 그래서 나도 티 안 내고 살려합니다. 조금은 어리숙하고 남들보다 한 발자국 뒤에 걷는 것을 좋아합니다.

'바쁜 사람은 먼저 가시오'라면서 말입니다.

법주사 총지선원에 살 적에 나는 깊은 고민이 생겼습니다.

화두가 들리지 않는 것이었습니다. 나는 이 공부를 남들보다는 일찍 시작한 터라 놀다가도 아! 이제 공부 좀 하자면 무리 없이 화두가 알아서 들렸는데, 그 철에는 반 철이 지나도록 화두를 들으려고 하면 할수록 가까이할 수 없는 당신이었습니다. 애를 쓰면 쓸수록 머리가 터질 것 같았습니다. 종국에는 내가 숨 쉬는 것도 의심스러워 호흡도 순일하지 않습니다.

법주사 노스님들은 대체로 나를 예뻐하셨는데, 그중 한 스님이 천룡 큰스님이셨습니다. 설날 세배를 하면 다른 스님들은 삼천 원이나 오천 원 주시는데 나는 오만 원을 주셨습니다. 다른 스님들에게도 가끔 '각현 스님이 괜찮은 상좌 하나 뒀어'라고 하시면서 제 칭찬을 하시곤 하셨습니다.

하루는 천룡 노스님과 스쳐 지나가는데 어른께서 대뜸 말씀하셨습니다.

"너 얼굴이 왜 그 모양이냐!"

"왜요?"

내가 시비조로 어른께 반문하였습니다.

각현스님

"너 얼굴이 근심이 꽉 차 있다."

그제야 내가 마음을 풀고는 대답했습니다.

"큰 스님! 화두가 안 들립니다. 제가 미치기 일보 직전입니다."

노스님이 나를 인자한 눈빛으로 가만히 보시고는 말씀하셨습니다.

"네가, 지금 공부를 열심히 잘 하는 것이다. 걱정하지 마라."

그 자리에서 위안이 되었고, 돌아서자 미칠 것 같은 답답함이 사라졌습니다. '말씀에 힘이 있다'라는 말을 나는 믿습니다. 가만히 앉아 생각하면 그렇습니다.

얻을 수도 없고 버릴 수도 없는 것이 인생입니다. 다른 것이 화두가 아니고 내 삶이 화두이고 수행입니다.

답답하신가요?

그대가 지금 공부를 열심히 하고 계신 겁니다.

좋은 일도 없느니만 못 하다 好事 莫如 無事

나는 이십 대 초반의 나이에 성림 월산 조실스님의 시자를 산 적이 있습니다.

우리 조실스님은 덕숭 문중의 좌장이셨고, 법주사 불국사 금산사를 아우르는 어른 스님이셨습니다. 복과 지혜를 모두 갖추었다고 모든 이가 큰 스님을 흠모하였습니다. 그런 어른 스님을 일찍 모셨다는 것이 제게는 행운이었습니다.

조실스님은 나를 부를 때 항상 상원이라고 불렀습니다. 몇 번이나 '큰 스님! 제가 상원이가 아니고 원상입니다'라고 말씀드리면 다시 또 부르실 때면 '야야, 상원아'하고 부르십니다. 이름이라는 것이 본래 허명이라 하는데 나는 그렇게 조실스님에게는 상원이었습니다.

조실스님은 이북에서 월남하신 상남자 중 상남자이셨습니다. 나는 누구를 본보기 삼아 닮고 싶다거나 하는 생각은 애초에 접은 사람인데, 그래도 한 사람을 꼽으라면 우리 조실스님입니다. 큰스님 연세가 1912년생이니까 지금 생존해 계시면 백팔세이십니다.

어느 날, 오후 한가한 시간이었습니다.

큰스님께서 '야야, 상원아'하시며 '지필묵 가져온나'라고 하십니다. 그래서 먹을 갈았고, 그 날 큰 스님께서 써주신 글 귀가 바로 "호사 막여 무사"라는 글귀였습니다. 그 당시 나는 어쩌면 이념화되는 과정 중이었는데, 그 말씀 하나로 모두 다, 내려놓았습니다. 지금도 궁금한 것이 큰 스님께서 내 속을 어찌 다 들여보셨나 싶기도 합니다.

'좋은 일도 없느니만 못하다'라는 말은 선가의 금언(金言)입니다. 일 없음을 으뜸으로 삼으라는 이야기인데, 여기서 일 없음은 내 안으로의 헐떡거림을 쉰다는 뜻에 낙처가 있습니다. 이렇게 좋은 말씀을 나는 비틀어 삼무정신(三無精神)이라고 말하곤 했습니다.

여기서 삼무란 '무능력, 무관심, 무책임'입니다. 내가 가만 보아하니 스님들이 능력 있다고 생각되는 스님들은 일찍 환속하거나 자살하고 관심사가 많은 이는 부산하고, 책임감 있는 스님은 주지를 살거나 절에 삼직(주지를 돕는 세 직무. 교무(教務), 총무, 재무)을 살더란 말이지요. 그래서 생각해낸 것이 삼무정신이었습니다.

나는 일찍 총무원이나 큰절에서 소임을 살아달라고 제의를 여러 차례 받은 적이 있는데, 단 한번도 응한 일이 없습니다. 은사 스님이 청하실 때도 또한 같았습니다.

어느 날 제 할배 되시는 노스님께서 한번은 그러시더군요.

"너는 야! 조실스님이 다 버려 놓았다. 젊은 애를 갖다가, 왜? 그런 말씀을 해 가지고서…."

나도 어느 때는 내가 지금 어디로 가고 있는지, 잘 가고 있는지를 잘 모르겠습니다. 우리 조실스님이라도 곁에 계시면 한마디 할 것인데요.

"아! 호사 막여 무사! 그다음은 뭐라 하시렵니까?"

조·실·스·님!

어느 봄날의 기억, 추도

오래전, 맏사형이 충무에서 들어가는 추도라는 섬에 살았습니다.

나는 어느 선원에서 동안거를 마치고 만행하던 차에 사형에게 몇월 며칟날에 들어가겠노라고 전화를 드렸습니다. 한 네 닷새 뒤에 충무 여객터미널에서 추도 가는 배를 타려 하니 오후 마지막 배가 가버렸다 합니다. 하는 수 없이 사형에게 전화하였습니다. 시간이 늦어 마지막 배를 놓쳐 충무에서 하루 자고 내일 들어가겠노라고 하니 사형이 대뜸 하는 말이 "알아들었는데, 죽고 싶으면 그렇게 하라" 하십니다. 아마도 내가 전화한 순간부터 나를 기다린 듯합니다.

시간이라는 것이 그렇게 객관적이지도 않고 어느 때는 죽으라고 안 간다는 것을 아는 사람으로서 발길을 재촉하지 않을 수 없습니다. 그래도 다행히 해제한 지 얼마 되지 않아 해제비가 수중에 있었기에 전세 배를 알아보았습니다.

배를 예약하고 부식이라든지 필요할 것 같은 물품을 바리바리 박스에 담았습니다. 일종에 보급품인 셈입니다. 산중에만 살던 사람이 차가운 바다 바람맞으며 푸른 물살 가르면서 배가 달리자 묵은 체증이 모두 사라지는 듯합니다. 얼마나 달려가다가 왜 그런지 배가 서버렸습니다. 선장님이 가타부타 안 하시고 배를 점검하고 계십니다. 망망대해에서 배가 선 것입니다.

시원하다 못해 아드레날린을 날리던 바람이, 넘실대는 파도가 되어 더럭 겁이 나더군요. 아저씨는 배 밑창을 열고 내려가십니다. 잠깐이지만 나는 홀로 이 바다에 남았습니다. 사람 인생 잠깐입니다. 알다가도 모를 것이 인생입니다.

배 밑창에서 늙은 아저씨가 솟구쳐 나옵니다. 스쿠류에 그물이 걸려서 걷어내었다 하시네요. 감사합니다. 선장님! 팔자에 없이 생명에 은인이 생겼습니다. 선착장에서는 사형이 팔이 빠지도록 흔들어 재낍니다. 나도 참으로 반가워 손을 흔듭니다.

사형이 살던 집은 산 중턱쯤이어서 한 평 마당에 서면 섬마을과 연이어진 푸른 바다가 넘치어 드높은 파란 하늘과 맞닿아 있습니다. 그날 밤 사형은 참으로 말이 많았습니다. 내게는 발언권이 전혀 없는 밤이었습니다. 저 사람이 저렇게 말이 많던 사람인가! 놀라고 지치도록 듣고 또 들었습니다. 그래 해라! 얼마나 사람이 그리웠으면 체면도 없이 그러겠는가! 나는 체념하고 들었습니다. 맑은 물에 취한 사형은 자신이 이 섬에 들어와 자작시를 지었는데 한번 들어보라며 낮은 천장을 뚫을 듯이 일어납니다.

아이들이 동요를 부를 때처럼 두 손을 맞잡고 낭송합니다.

"비바람이 치던 바다 잔잔해져 오면, 오늘 그대 오시려나 저 바다 건너서 밤하늘에 반짝이는 별빛도 아름답지만 사랑스러운 그대 모습 더욱 아름다워라…."

이것이 노래인지 시인지는 모르겠으나 추도의 밤 바다에서 등대 불빛이 밤새 어둠을 밝히던 어느 봄날을 기억합니다.

아름다운 만남

　　만남은 이별을 기약하는 서막이기에 슬픔과 아쉬움이 생기는 발아 점이기도 합니다. 그럼에도 사람은 만남과 이별을 수 없이 겪으면서 기쁨과 슬픔에 빠집니다. 새로운 만남을 주저하는 것도, 쉬운 이별을 싫어하는 것도 오랜 경험에서 우러난 방어기제일 겁니다.

　기림사 산내 암자인 지족암에 칩거 중이시던 대강백 철해 종광 큰스님께서 병원 의사로부터 두 달 정도 남으셨다는 이야기를 사제 스님에게 듣고 그 길로 경주 기림사를 향하였습니다. 일찍 길을 나섰어도 도착하니 오후 두 시가 넘었습니다. 가사를 수하고 큰 절 삼배를 드리려하니 아픈 사람에게 절하는 것이 아니라고 극구 사양하시는 겸양은 스님께서 강직하시면서도 겸손하심이 예전과 조금도 다르지 않았습니다. 큰절 삼배를 하고나니 모로 누우신 스님은 기운이 없어 일어나 앉지 못하여 미안하다는 말을 몇 번이고 하십니다.

종광 큰스님은 연꽃마을 창업주이신 덕산당 각현 대종사님과 수계 도반이시면서 평생을 지란지교의 도반으로 함께하시었습니다. 한 분은 대강백으로서 후학을 양성하시며 다양한 신행모임을 결성 지도하시고, 능인학원 이사장 등 지족암에 칩거하시기 전까지 자기 수행과 포교를 위하여 진력을 다하셨습니다.

또 한분 저의 은사 스님께서는 조계종 최고의 행정승으로서 선각의 혜안을 지니신 복지의 보살로 전례를 찾아볼 수 없는 족적을 남기셨습니다. 두 분께서는 시대를 앞서 보는 눈을 가지셨기에 대화는 막힘이 없었고 무엇보다 앎과 행동이 같은 값으로 움직이셨기에 불가에서 뿐만 아니라 사회인들에게도 많은 믿음과 존경을 받으셨습니다.

나는 절에 와서 닮고 싶었던 스님이 종광 스님이었습니다.

하얀 얼굴에 굵은테의 까만 안경을 쓰신 스님은 귀공자풍의 미남 스님이었습니다. 목소리는 중저음이고, 항상 하얀 옥양목 승복을 깨끗이 다려입으신 스님은 요즘말로 승복의 핏이 살아있는 멋스러운 분이셨습니다.

고등학교를 막 졸업하고 출가한 나를 스님은 따뜻하게 맞아주셨습니다. 풀 내 나는 작설차도 처음 다려주셨고, 이따금 행자생활은 본래 고되니 참고, 이왕 출가 했으니 집에 갈 생각은 하지 말라고 걱정을 해주셨습니다. 그런 나의 롤 모델이셨던 스님의 여윈 손을 붙잡고 이런저런 이야기를 처음으로 많이 하였습니다.

주된 이야기는 우리 스님과의 우정과 에피소드였지요. 자식 같은 사람이 왔으니 추억과 회상의 심경이지요. 우리 스님은 새해 첫날은 전날 기림사에서 종광 스님과 함께 보내시고, 아침 일찍 석굴암에서 새해를 함께 맞이하셨습니다. 가만히 눈을 감고 생각하니 두 분이 함께 앉아 파안대소하며 정담을 나누시던 모습이 선합니다.

우리 스님이 돌아가시고 종광 큰스님께 부고 전화를 드렸습니다. 스님께서 하시는 말씀이 너무 일찍 가신 것은 너무나 안타까운 일이나, 어쩔 수 없고 장례만큼은 법주사 큰 절에서 다비를 하는 것이 스님에 대한 도리라고 애써 일러 주셨습니다. 사형제들과 상의하여 노스님에게도 말씀올리고 법주사 주지이던 현조 스님과 상의한 끝에 연꽃마을장으로 하려던 것을 문중장으로 치루었습니다.

결과적으로는 원로의장 스님, 총무원장 스님, 종회의장 스님 등 종단의 대덕 어른이 모두 오셔서 조계종 종단장처럼 오일장을 치루었습니다. 재작년 가을 은사님의 연꽃탑을 조성하면서 은사 스님의 행장기를 써주시면 어떻겠냐고 전화를 올렸더니 스님께서 하시는 말씀이 다른 것은 몰라도 각현 스님의 행장기는 본인이 쓰셔야 한다는 말씀에 눈물이 왈칵 났던 기억이 어제인데 오늘 이렇게 앉아서 종광 큰스님을 추억합니다.

철해 종광 스님의 임종게입니다.

이 물건 본래 고요하여 한 움직임도 없지만
이치와 모습이 서로 아울러 하나 되어
너는 내가 되고 나는 네가 되어
생사 열반에 차별 없어라
부처와 중생이 동락하여라.

은사이신 우리스님과 종광 큰스님께서 이 세상 아닌 곳에서 이 세상 이야기를 은은히 하시며 좋아하시던 차와 함께 밤이 새도록 수런스럽기를 기대합니다.
큰 스님 두 분 진심으로 사랑합니다.

하지 않음으로 한다 無爲之爲

　　　자연은 아무것도 하지 않는 듯하지만 미세한 것부터 거시적인 것까지 어느 것 하나 하지 않는 것이 없습니다. 대도(大道)는 무위(無爲; 함이 없음)라 할 것입니다. 이는 노자의 말씀입니다.

　내가 살면서 느끼는 것 중, 하나가 '하는 것보다 하지 않는 것이 힘들다'라는 것입니다. 새벽에 눈을 뜨는 순간부터 우리는 부산하게 무엇인가를 하고 있습니다. 누가 시키거나 강한 의무감 때문이 아닙니다. 굳이 이야기한다면 업(業)이 그렇다고 할까요?

　언젠가 TV 광고에서 '격렬하게 아무것도 하지 않겠다'라는 대사가 있었는데 참으로 공감하는 바입니다. 제 팔자 지가 볶고 산다는데 틀린 말 아닙니다. 누가 뭐라 하지 않아도 스스로 지었다가 허물며 망상에 망상을 거듭하며 고뇌 인생이 되기도 합니다. 일이 없어도 스스로 만들고 버거워하지요.

선원의 초심자들이 가장 고생하는 것이 아무것도 하지 않고 앉아 있는 것입니다. 산과 들을 뛰어다니던 사람이 가만히 앉아서 여덟 시간에서 열 시간을 아무런 일도 하지 않으며 앉아 있는 것은 차라리 감옥과 다름이 없습니다. 한두 세 철은 몸살을 겪지요. 그러나 고비를 넘기면 한가함과 여유로움을 느낍니다.

산책길이 좋아지기 시작하며 봄에 피는 작은 꽃에 눈이 가고, 가을날 오가는 길에 밤을 줍는 일까지 행복하게 느낍니다. 나의 일과 생각을 쉬면 자연스럽게 내 주위의 일상 모습이 보입니다. 소걸음처럼 느릿느릿 걷고 눈은 더욱 또렷해집니다.

세상살이에 일없이 산다는 것은 차라리 넌센스입니다. 놀고먹는 것처럼 보이는 사람도 머릿속에는 오만가지 계략과 방책이 세워져 있을 겁니다. 공으로 먹고사는 사람은 없는 셈입니다.

한 시대는 그 시대의 유행어를 생성합니다.

문득, 생각나는 것이 웰빙(well-being)이라는 단어입니다. 그것을 지나면서 웰 다잉(well-Dying)이라는 단어가 따라서 생각 납니다. 잘 살아야 한다는 생각에 잘 죽어야 한다는 생각으로 업그레이드된 사례이지요. 또, 힐링(healing)이라는 단어가 일상 생활에서부터 전 사회적으로 선풍을 일으키며 선도하고 있습니다.

코로나 19 이후로는 비대면이라는 단어가 필수어로 등장하면서 혼자서 할 수 있는 자기 놀이나 자기계발에 문화로 정착되고 있는 거 같습니다. 세상살이가 지독하게 복잡한 듯하면서 또 한편으로 마음 하나에서 벌어지는 자기분열이라고 생각한다면 그다지 복잡할 일도 아닐 것입니다.

제자가 스승에게 묻습니다.

"스승님 깨달음, 깨달음 하는데 대체 깨달음이 무엇입니까"

스승이 대답합니다.

"쉬는 게 깨달음이다."

어느 선사는 '깨달음만큼 쉬운 일이 없다'라고 하던데 우리에게는 왜 멀고도 먼 이야기일까요? 우리는 대체 왜, 죽는 그날까지 쉬지 못하는 것일까요? '하지 않음으로 한다(無爲之爲)'라는 노자의 말씀은 쉬어가지 못하는 인간을 향한 자비의 경책이 아닐까 합니다.

추억이 되고 별이 되다

"원상아 그 노래 한번 틀어봐라!"

"무슨 노래요?"

"너! 스님, 십팔번 있지 않느냐!"

"아! 「메기의 추억」이요."

"그래, 그 노랫말이다."

큰스님께서 간혹 내 차로 먼 길 다녀올 때면 가끔 주문하셨습니다. 노래를 들으시다가는 깊은 한숨을 쉬며 '너무 무정하게 빨리도 갔다' 라고 독백하셨습니다. 그러시던 우리들의 큰스님 '월탄 대종사'께서 법납 68년, 세수 87세로 사바 인연을 다하셨습니다.

큰스님은 대한불교조계종의 주춧돌이고 기둥과 같은 존재이셨습니다. 일본강점기 왜색불교로 대처승이 일반화된 불교를 청정 비구 종단으로 되돌려놓는 불사가 정화불사이었습니다. 그 중심에 큰 스님이 계셨고, 몸과 마음을 다 바친 위법망구(爲法忘軀)의 삶이었습니다. 그 와중에도 자신의 수행에 철저한 수행승이었습니다.

큰스님은 대처 스님들에게 무서운 분이었고, 같이 정진하는 도반 선후배들에게 어려운 존재이셨습니다. 큰스님께서는 대한불교조계종을 자신의 한 몸과 같이 생각했기에 또 많은 종도의 정신적 의지처이었기에 세파와 같던 종단사와 영욕을 함께 하셨습니다. 제일 앞에 서 있는 사람이 비바람을 가장 많이 맞는 것처럼 큰 스님의 삶이 그렇다 할 것입니다.

나는 큰 스님을 햇수로 10년 정도 가까이 모셨습니다. 미륵 대흥사에서 오 년 대중선방을 모시고 다닌 세월을 모두 더하면 그 정도가 될 것입니다. 주위에 스님들이 가끔은 그 호랑이 같은 어른을 어떻게 그리 모셨는가 하는데 나는 사실 그렇지 않았습니다. 때로는 아주 엄하고 매사에 빈틈이 없으셔서 힘들 때도 있었지만, 내게는 대체로 관대하셨습니다.

우리 미룡 문도의 문장이신 성운 큰스님께서 내게 하신 말씀이 '자네에게 관대했던 것은 자네가 다른 일 하지 않고 꾸준히 선원에 다닌 것을 예우하신 것으로 생각하네'라고 하시더군요, 사실 저는 한 번도 생각해 보지 못한 말씀이었습니다.

수행자의 고독은 깊은 밤, 별과 같습니다. 검은 밤 홀로 깨어 정진하는 큰스님의 모습은 고독이 아름다울 수 있다는 것을 제게 보여주

셨습니다. 시간과 공간 위에 올라앉은 수행자의 모습이란 참으로 아름답다 할 것입니다. 우주의 심연과 같은 깊은 어둠 속에서 피어난 찬란한 별빛입니다.

큰스님의 화두 십팔번은 이 뭣고? 입니다. 그 별빛에 내재한 힘은 '이 뭣고'라는 말이 아닐까 합니다. 인간사 87년과 영원의 시간을 잇는 다리는 아마도 '이 뭣고'이었을 거라고 나는 생각합니다.

本來無一物　　본래 한 물건도 없으니
無一物亦無　　없다고 하는 그것도 없다.

하나의 추억을 같이하던 이를 홀로 추억합니다.

메기의 추억

나는 우리 스님을 열아홉 살 되는 해에 속리산에서 만났습니다. 은사 스님은 항상 신간의 책을 옆에 두고 보시는 학구파이셨습니다. 자연스럽게 스님이 보신책은 내가 물려받아 보고 돌려드리곤 했습니다. 보고 싶은 책을 제목과 저자를 메모해서 드리면 책값을 따로 주시곤 했습니다.

어느 때는 독후감을 써서 보여주면 용돈을 더 준다고 하셨는데 그것은 내가 싫다고 하였습니다. 글이라고 하는 것은 어떤 것이든 자신을 드러내는 행위인데 그러고 싶지는 않았습니다. 스님하고 저는 같이 고민하는 일들이 종종 있었습니다. 그 나이 때 모두 겪는 학업의 진로와 군대 문제 등을 항상 스님과 같이 고민하고 선택했습니다.

스승보다는 아버지에 더 가까운 분이셨습니다. 스님은 기도하시면 아주 간절하게 하시는 분이었습니다. 이 기도를 응해주지 않는다면 불보살님이 아주 몹쓸 사람이 되는 것처럼 진지하셨습니다. 간절함이 깊게 배어 있는 염불이고 축원이었습니다. 저도 아마 비슷할 겁니다. 제가 누구 보고 배웠겠습니까?

나는 노스님을 모시고 오래 살았습니다. 단양 미륵 대흥사 조실이신 미룡 월탄 대종사이십니다. 노스님이라 하면 우리 스님의 스승이라는 이야기입니다. 세속으로 치면 내게는 할배 스님 되십니다.

어느 날 노스님 모시고 어디 장거리라도 다녀올라치면

"야야! 그 노래 좀 틀어봐라."

"무슨 노래요?"

"야! 너, 스님 잘 부르던 노래 있지 않으냐?"

우리 스님 칠순 되실 때 문도 스님들과 함께 중국 여행을 3박 4일 다녀온 적이 있는데, 저녁 공양을 하다 말고 케이크와 박수 세례에 부른 노래가 「메기의 추억」이었습니다. 노스님은 내 차를 타면 은사 스님 생각이 그리 나시는지 노래를 청하시어 듣고는 깊은 한숨을 내쉬고는 하였습니다. 여러 번 반복해서 들으시면 당신께서도 부르십니다.

나는 노스님의 십팔번을 압니다. 하나는 전등사 시절에 배웠다는 「가는 세월」이고, 또 하나는 큰 제자를 먼저 보내고 배운 「메기의 추억」입니다. 노스님은 내게 '원상아! 가는 세월 그 노래 가사는 무상의 법문이다'라고 하시면서 부르시곤 하셨습니다.

노스님 노랫소리를 들어본 사람은 아마 별로 없을 겁니다. 그런데 노랫가락이 어쩐지 염불 가락입니다. 그래도 좋습니다. 사람 냄새가 나서 좋습니다. 나도 오늘은 어쩐지 노래 한 곡 부르고 싶습니다.

"옛날에 금잔디 동산에 메기같이 앉아서 놀던 곳, 물레방아 소리 들린다. 메기 내 사랑하는 메기야, 동산 수풀은 없어지고 장미꽃은 피어 만발하였다. 물레방아 소리 그쳤다. 메기 내 사랑하는 메기야"

은사 스님이나 노스님이나 그것은 아셨을 것입니다. 노래는 제가 조금 낫다는 것을요.

연꽃마을의 숙원이고 은사 스님의 생전 못 이룬 계획이었던 우리의 사옥이 완공을 눈앞에 두고 있습니다. 이번 팔월 말에는 모두 완성되어 법인 이사까지 모두 마칠 것입니다. 우리 스님도 들뜨시어 속으로는 그 노래를 부르고 계시지 않을까요?

"옛날에 금잔디 동산에 메기 같이 앉아서 놀던 곳. 물레방아 소리 들린다. 메기 내 사랑하는 메기야…"

봉암사와 누룽지

봉암사는 문경 가은에 위치한 참선 도량입니다. 달마 스님의 정상과도 흡사한 희양산은 거대한 통 바위이며 그 아래 사철 쉬지 않고 흐르는 계곡을 눈앞에 두고 앉았습니다. 선원의 전설처럼 내려오는 이야기는 수좌들의 서울은 해인사이고, 수좌들의 고향은 봉암사라고 합니다.

해인사가 서울인 이유는 보통의 규칙과 청규가 해인사에서 기원한 것이 많았으며, 봉암사가 고향인 이유는 수좌라면 한번은 거쳐 갔을 터이고, 젊은 날 습의와 평생 잊지 못할 무언가를 담아가기 때문일 것입니다.

봉암사는 참선 도량으로 특화된 곳입니다.

백여 명의 스님들이 오로지 참선만을 위하여 모여 사는 해방구 같은 곳입니다. 주지도 자체적으로 뽑기에 어느 곳에도 구속받지 않습

니다. 마을에는 일 년에 초파일 하루 산문을 여는 곳으로 많이 알려져 있습니다.

나는 봉암사를 무척이나 좋아하여 여러 철을 살았는데, 누구도 의식하지 않고 자기 공부만 하는 것이 좋았고, 대중 스님의 순수한 정진 모습이 좋았습니다. 밤 열 시에 방선하고 새벽 두 시에 기상하여, 차디찬 개울물에 민머리와 목덜미를 적시면 덜 깬 잠도 깜깜한 어둠 속으로 순식간에 달아납니다.

지금의 봉암사를 있게 한 어른 스님 두 분이 계시는데, 한 분은 근세 도인 우화 스님 상좌 정광 스님이고, 또 한 분은 인천 용화사 송담 큰스님에 맞상좌이신 성우 스님입니다. 제가 볼 때 이분들은 오로지 참선만을 위해 태어난 분 같았습니다. 대중살이와 정진에서는 타협이라고는 한 치 없는 부동심으로 사셨기에, 그 기가 센 봉암사 대중을 정진으로 안정 정착시켰다고 생각합니다.

지금은 공양간이 초입에 새로 지은 후원으로 이사를 하였지만, 그전에는 지금 한주채로 쓰고 있는 곳이 공양간이었습니다. 점심 공양을 마치고 스님들이 줄을 서서 올라오시면 부 공양주는 가마솥에 잘 익은 누룽지를 작은 손바닥 하나만큼 씩 잘라서 배급합니다. 그 잘난 스님들이 누룽지 한 조각에 장난기 가득한 소년의 얼굴이 됩니다. 그 누룽지 맛은 천하 일미입니다.

선덕(조실 급)이신 성우 스님도 같이 줄을 서서, 누룽지 한 조각을 얻고는 행복해하시는데, 정광 스님께서는 채신을 지키시려는 것인지 한 번도 그 누룽지를 얻어 드시지를 못했습니다. 그래도 궁금은 하신지 이따금 곁눈질로 바라만 보고는 그대로 지나쳐가시곤 했습니다.

하루는 부 공양주한테 '스님! 내가 쓸 때가 있어서 그러하니 한 조각 더 주시오'라고 하며 한 점 더 얻었습니다. 그 철에 내 소임이 청중이었습니다. 학교로 치면 부반장쯤 되고 권세가 있는 자리입니다. 그 권세의 힘으로 누룽지 한 조각을 더 얻어 선덕이신 정광 스님께 달려가 아직 온기가 식지 않은 누룽지를 드렸더니 금 새 웃음기 가득한 아이 얼굴이 되었습니다.

어른을 여러 철 모시고 살았지만, 사적인 말씀 하시는 것을 본 적이 없고 얼굴에 표정도 무표정 그 자체이었습니다. 선가에서는 꽉 막힌 상태를 은산 철벽이라는 단어로 가끔 쓰기도 하는데, 그 은산 철벽의 문을 열었습니다. 그 사람이 접니다.

2장.

위없는 불도를
다 이루오리다

지혜로운 이는 비울 줄도, 채울 줄도 아는 사람

인류사에서 농사가 발전하면서 계급이 생겨났다고 합니다.

수렵과 채집에 의지하여 생활할 때는 공동생활이 당연하였는데, 식량에 여유가 생기면서, 자연스레 가진 자와 못 가진 자가 나누어지고 이를 두고, 서로 다툼과 알력이 생겨났지요. 이것을 힘으로써 제압하여 질서를 유지하는 권위와 권력이 필요했을 겁니다.

그런 의미에서 원시불교의 공동체 문화는 무소유를 전제로 하는 수행 가풍이었기에 가능했으리라 생각합니다.

비움과 채움의 문제는 거창하게는 인류사와 닿아 있어 가슴 안으로 들이어서 생각하면 내 삶에 철학일 수도 있습니다. 말하다 보니 조금은 딱딱해진 감도 있으나, 쉬이 생각하면 잘 먹고 잘 싸면 건강하다는 것입니다. 채워야 할 때는 채우고, 비워야 할 때는 잘 비워야 한다는 말이지요.

원시공동체 사회였던 시대의 불교가 점차 파가 나누어지는데, 처음에는 정말 별거 아닌 문제였습니다. 바로 소금을 조금 더 개인이 갖고 있어도 되느냐, 안 되느냐가 시비의 시작이었던 겁니다. 지금의 시각으로 바라보면 뭐 그런 거 가지고 그랬나 싶기도 하지만, 당시의 수행자들에게는 아주 커다란 방향 전환의 문제였을 겁니다.

지금도 절집에서 '대중 공양' 혹은 '대중 울력'이 살아있는 공동체 문화입니다. 그 안에는 사유재산을 인정하지 않는다는 뜻이 숨겨져 있습니다. 반면에 자본주의 사고와 행태가 일반화되어 있기도 합니다.

아주 오래전 처음으로 단식하게 되었는데, 나의 뜻이 아니었습니다. 전두환 前 대통령이 4.3 호헌을 한다고 하여 다들 야단이 났습니다. 나는 그 당시에 호헌이라는 단어조차 알지 못했습니다. 그냥 두고 보면 안 된다고 스님도 일어났습니다. 그 와중에 속리산 법주사 강원 스님들이 먼저 치고 나갔습니다. 성명을 발표하고 불가함을 알리려고 청와대부터 시작하여 각국의 대사관에 성명서를 우편으로 보내고 사중 곳곳에 대자보를 붙였습니다.

그러던 중 몇 스님이 단식에 들어가자 선동하였고 가장 저학년이었던 나는 의견이 있을 수 없었습니다. 70여 명의 학인 스님이 대웅전에서 호헌반대를 기도하고 자연스레 밥은 없었습니다.(밥은 와 굶

노? 나는 전두환 씨라고는 머리 벗겨진 것밖에 모르는데.)

처음에는 배도 고프고, 법당에서 거반 생활도 하였기에 춥기도 상당히 추웠습니다. 그런데 한 3일 넘어가니 속은 편안해지더군요. 배고픈 것은 지나갔습니다. 한데 한 시간에 한번씩 스님 전원이 호헌반대 현수막을 들고 도량을 한 바퀴 돌면서 석가모니불 정근하였지요.

나는 이것이 괴롭더군요. 밥도 굶어 기운이 없는데 자꾸 끌고 나가고, 막내였던 내게는 목탁도 내 차지였습니다.(일학년 안 다니고 삼사 학년이 될 방법은 없을까.)

우리 뒤를 따라서 해인사, 운문사, 통도사 스님들이 들고일어났고 전국의 스님들이 자신의 거주 사찰에서 호헌반대 집회했습니다. 이제는 호헌반대에 내각 총사퇴라는 구호도 같이하였습니다. 비구니 스님들도 단식에 동참하였는데, 사나흘 되니 응급실에 몇 명이 실려 갔다느니 그런 이야기도 들리더군요. 조금은 가소롭더군요. 우리는 벌써 일주일을 지나고 있었습니다.(요즘 어떤 이들이 릴레이 단식을 했다 하는데 차라리 말을 안 하렵니다)

우리의 단식은 열흘이 넘어서야 내각 총사퇴가 신문에 걸렸습니다. 참으로 잘된 일이었습니다. 법당에서 축하의 함성과 누군가의 장렬한 해산문 낭독으로 단식도 종료되었습니다. 그렇게 법당에서 내려와 어찌 공양간을 지나가는데 바싹 마른 누룽지가 내 눈에 들어왔습니다. 이런 거 먹으면 안 된다고 단식을 주도한 스님에게 누차 들었는데 그 자리에서 몇 번이나 누룽지를 잡을까 말까 하다 결국에는 잡아들었습니다.

나중에 들으니 아주 위험한 일이라 하더군요. 하지만 쇠도 씹어 삼킬 나이였습니다. 배고픔은 없었는데 정신적인 문제였던 것 같습니다. 당시에 그 뜨거운 민주화의 열망에 호헌은 철폐되고 민주화의 기틀인 직접선거를 쟁취해 내었습니다. 참으로 굶기를 잘한 일이었습니다.

얼마 전 아는 처사님이 "스님! 비운다는 것과 포기한다는 것이 무엇이 다릅니까?" 하면서 제게 묻더군요. 포기한다는 말은 현상적인 일상을 어떤 이유로든 하지 않겠다는 것이고, 비움이라는 단어는 성품에 관한 문제라고 생각합니다.

옛 말씀에 '이름은 밖에서 오는 것이 아니고 성품에서 나온다.' 하셨는데 참으로 온당하신 말씀입니다. 내가 지금 어떤 생각과 그에 따른 행동을 하느냐에 따라 이름은 바뀝니다. 스님도 될 수 있고 남자일 수 있고 이사장도 될 수 있습니다. 그래서 이름은 실상이 아니고 허명이고 허상입니다.

비움이라는 단어는 자기 자신을 가볍게 하는 일종의 트레이닝입니다. 나의 마음자리에서 지극히 사적이고 계산적인 부분은 내려놓는 것이지요. 이해 당사자들끼리 서로 협상과 대화가 안 되는 것은 자신의 것은 내려놓지 못하고 상대방이 든 것만 내려놓으라고 하니 잘되지 않는 것입니다. 일하시는 분들은 솔선수범하지 않으면 안 되는 이치와 같다 할까요.

우리가 악수하는 이유도 '내 손에는 다른 무기가 없습니다'라며 빈 손을 확인시켜주는 데서부터 나왔다 합니다. 시작은 비우는 데부터 시작하여야 합니다. 인간은 생각하는 동물이라 합니다. 여기까지는 좋습니다. 생각이라는 것이 아마도 살아있는 동안은 그치지 않을 것입니다. 좋은 생각이라면 그저 흐뭇하고 행복한 일이겠지만 그렇지 않으면 아주 곤란한 일입니다.

머릿속에 부정적인 것이 끼어들면 그것이 생각의 손주의 손주가 아니라 자자손손을 낳기도 합니다. 복잡한 머릿속을 수세미로 벅벅 닦아 없앨 수도 없는 노릇이고…. 이럴 때는 차라리 부정적인 것이 아닌, 좋고 긍정적인 것으로 채워놓는 것도 방법입니다.

옛말에 '노는 입에 염불하라'라고 하였는데 지당하신 말씀입니다. 입이라는 놈은 남 이야기를 좋게 하지 않는 습성이 있습니다. 사람 서넛이 모이면 누군가를 험담하기가 일쑤고 말이 많다 보면 그만큼 실수가 따르기 십상입니다.

화두도 마찬가지입니다. 공부하는 사람은 망상과 싸움인데, 이 망상을 없애는 것은 애초부터 쉽지 않아 차라리 더 큰 망상 더 큰 의심을 심어 놓습니다. 화두라는 망상이 커지기 시작하여 이것이 스스로 힘을 받으면 다른 망상은 근처에 들어올 수가 없습니다. 사자가 사는 곳에 토끼나 여우 같은 것은 범접하기 힘든 것과 같습니다.

세상은 공간입니다. 비어 있다는 이야기입니다. 비어 있음에 사람은 항상 채우려 하는 습성이 있습니다. 비어 있음은 본질이고 채우려 함은 인간의 속성이기도 합니다.

창조와 파괴! 어쩌면 지구의 인류사에 관통하는 이야기 중 하나일 것입니다. 내 안에서도 창조와 파괴는 항상 진행형입니다. 그것이 비움이기도 하고 채움이기도 합니다.

힌두교에서 창조의 신은 브라마(Brahma)이고 파괴의 신은 시바(Siva)라 합니다. 한데 창조의 신은 잘 찾지 않고 파괴의 신을 더 따르고 신앙합니다. 비워야 채울 수 있음을 조상의 조상 때부터 일찍이 깨우친 덕이겠지요. 비움과 채움은 내 안의 기쁨이기도 하고 또 갈등이기도 합니다.

인생사 타이밍이라고 하는데 어느 때 비워야 하고, 어느 때 채워야 하는지 스스로 질문해 봐야 합니다. 그래서 지금 나의 문제는 무엇인지 진지하고 솔직하게 묻고 대답하여야 합니다. 불교에서 '반야'라는 말을 높게 생각하는 이유일 것입니다. 비워야 할 때 자꾸 채우려 하면 체하게 될 것이고, 채워야 할 때 비우려 들면 영양실조밖에 더 걸리겠습니까? 자신의 현 상태를 객관적으로 살펴보는 것이 지혜입니다.

기도하고 수행할 때는 무엇이든 간에 내려놓는 것이 우선입니다. 내 삶의 현장에서 자기 일에 최선을 다하고 조직에 봉사하고 나에게

봉사하여 채워주는 것이 합당하다 할 것입니다. 가진 사람이 내놓을 수 있습니다. 그러기 위해서는 많이 채워놓아야 합니다.

자신의 권위나 아만은 비울수록 가볍습니다. 지혜로운 이는 비울 줄도 채울 줄도 아는 사람입니다. 덕담 한마디 하며 마칩니다.

올 한해에도, 돈 많이 버시고 건강하셔서 누군가의 빈 곳을 많이 채워주시기 바랍니다.

생각의 전환, 발상의 전환

피할 수 없다면 즐기라는 말이 있습니다. 깨달음이라는 것도 어찌 보면 생각의 전환입니다. 나에게는 전혀 없던 것을 얻는 것이 아니고 막혀있던 생각의 봉인을 해제하는 것이지요. 이를테면 여섯의 도적을 육 바라밀로 바꾼 것이지요. 육 바라밀은 보시, 지계, 인욕, 정진, 선정, 지혜를 말함인데, 자신에 의식세계를 고차원으로 이끄는 것입니다.

우리가 수행하고 정진함은 결국 자기만족과 행복함을 찾는 것일 텐데, 그러기 위해서는 자신의 수행도 중요하나 주위 사람과 더불어 살아야 하는 공존에 의식이 필요합니다. 그러려면 나도 이롭고 타인도 이로워야(自利利他) 합니다. 그것이 가능할 때 나도 깨닫고 타인도 깨달음(自覺覺他)으로 인도할 수 있을 것입니다.

조지훈 님의 시 중에 번뇌 즉, 보리라는 라는 말이 있는데 참 멋있는 표현이라고 생각합니다. 잠 못 이룬 밤이 있어 깊은 어둠 속의 보석 같은 별들을 볼 수 있고 모든 문학과 예술품도 그런 방황과 고독, 몸부림으로부터 탄생한 산고의 결과물일 테니 말이지요.

그러나 또 어떤 번뇌는 자신의 영혼을 갉아먹습니다. 지나간 일에 집착하고 오지 않은 일에 근심하며, 한번 일어난 생각을 흘려보내지 아니하고, 계속해서 번뇌하고 재생산하는 것은 너무나 힘든 과소비입니다.

나의 번뇌는 꿈과 같고 물거품과 같아서 실체가 없음을 스스로 늘 자각하고 있어야 할 것입니다. 사실 그렇게 생각하는 자신도 또한 이와 같음은 조금도 다르지 않습니다.

불교적 지혜라는 말은 실재하지 않는 유령 같은 실체를 여실히 알고 바라보아서 스스로 속지 않음에 있습니다. 무명에 속아서도 안 되지만 깨달음에 속아서도 안 됩니다. 젊은 수행자가 깨달음이라는 함정에 빠져 돌이킬 수 없는 판단이 너무 안타깝습니다. 깨달음이라는 허상의 이름을 세우는 순간부터 깨달음에 포로인 노예가 됩니다. 우리가 공부하는 이유는 궁극적 자유인데 스스로 사슬을 채우고 집착하여 오갈 데 없는 노예가 되어서는 안 됩니다. 황금이 아무리 좋다 하여도 눈에 넣으면 눈병만 생기는 이치와 같은 것입니다.

중국에 황벽 스님이라는 도인이 계셨습니다. 그 문하에서 벌어졌던 이야기를 하나 소개하겠습니다. 조실스님께서 매달 보름이면 상단법문을 하셨는데, 이날은 정진하는 수좌들이나 근동에 신도님들까지 법당 안을 가득 채웠습니다. 그 가운데 한 백발의 노 거사님이 법당 마루 끝에 앉아 법문을 진지하게 듣고 돌아가시곤 하셨습니다.

어느 날 조실스님의 꿈에 노 거사님이 나타났습니다.

"큰스님! 사실 저는 오백여 년 전 이 절에 살았던 주지였는데 어느 날 법문을 하던 중, '도인에게도 인과가 있습니까? 아니면 그렇지 않습니까?' 어느 젊은 수좌가 제게 물어왔습니다. 저는 그 수좌에게 말하기를 '도인은 인과가 없다'라고 말하였고 저는 그 과보로 여우 몸을 받아서 지금까지 이렇게 절 뒷산 동굴에서 지내고 있답니다. 가엾은 저를 위해서 또 많은 수행자를 위하여 큰스님께서 자비법문을 해주시기를 간청 드립니다."

그러고는 꿈에서 깨어나셨습니다.

그 일이 있고 난 뒤 다음 법회 때 큰 스님은 이 이야기를 소개하시면서 젊은 수좌에게 그 질문을 하도록 하시고 큰 스님께서는 한 말씀으로 그 질문에 대답하십니다.

'불매인과(不昧因果)다. 진정한 도인은 인과에 끄달리지 않는다'라고 말씀하셨고 그 노인은 그 한 말씀에 크게 깨달았으며, 그날 밤 꿈에 노승이 나타나 '큰 스님의 법문 덕분에 여우 몸을 벗어 버리게 되었습니다'하고는 큰절을 세 번 하고 사라졌습니다.

다음날, 큰스님은 대중들과 함께 뒷산 바위굴에 가 보니 과연 늙은 여우 한 마리가 편안한 죽음으로 있어 그 여우를 스님들이 하는 예법으로 다비를 정성껏 해드렸습니다.

어쩌면 삶이라는 것은 수없이 다가오는 고비를 넘고 넘어가는 장편의 드라마와 같습니다. 하나를 극복하면 또 다른 하나가 또 기다리고 있습니다. 산에 사는 사람은 산에 의지하며 산에서 살고, 파도를 타는 사람은 파도를 잘 알아야 합니다. 인생이라는 다큐멘터리는 굴곡의 번뇌가 연출하는 하나의 작품입니다. 자신의 번뇌를 잘 살펴보는 것이 번뇌를 쉬는 첫걸음이 아닐까 합니다.

하얀 수염이 멋있던 시인 구상님의 시구 하나 적으며 이 글을 마칩니다.

"니가 시방 가시방석처럼 앉은 자리가 꽃자리여"

위없는 불도를 다 이루오리다

부처님께서 위대한 것 중 한 가지는 이 세계를 신의 영역, 조물주의 영역에서 인간의 영역으로 돌려놓으신 것입니다. 인류의 역사는 불완전하고, 불합리하고, 부조리합니다. 인간이 그러하기 때문이겠지요. 불완전하고 유한한 인간으로 완전하고 무한한 믿음의 대상을 찾는 것은 어쩌면 당연한 귀결이라고 볼 수 있습니다.

그러하기에 인간은 자연히 종교적 성품을 갖게 되었을 겁니다.

이 세상에 모든 것은 빛과 그림자를 동시에 갖게 되어 있습니다. 좋은 면이 있는 반면에 상반된 면이 있기 마련이지요. 과학 발전이 인간의 삶을 편리와 윤택함을 가져다주었으나 반대로 인류를 위협하는 살상 무기 발전과 생태계 파괴 등 적지 않은 문제를 야기했지요.

종교 또한 그러합니다. 신앙을 통해서 거듭 태어나 세상에 소금과 같은 사람들이 있는가 하면 자신만의 욕구 충족을 위한 도구로 쓰는 사람이 있습니다. 또 그러한 종교인이 권력과 정치에 결탁하여 신에 이름으로 저질렀던 폭력과 압제는 상상을 초월합니다. 인류 역사의 전쟁 중 90% 이상이 종교전쟁이었다는 것이 이 사실을 증명합니다.

집착에는 두 가지가 있습니다. 한 가지는 아집(我執)이요, 또 한 가지는 법집(法執)입니다.

아집이 강하다는 말은 자기 생각과 주장이 강하여 상대방의 의견과 생각을 받아들이지 못하는 상황을 말합니다. 아집은 법집을 키우는 지렛대 역할을 하기도 하는데 자신이 믿는 사상이나 이념 종교 철학 등을 맹신적으로 믿는 믿음입니다. 법집은 집단과 집단의 갈등과 배척, 나아가서는 투쟁과 전쟁으로까지 번지기도 합니다. 우리나라에도 자유민주주의와 공산주의 두 진영으로 갈라져 한 나라의 동포가 총과 대포로 서로가 서로를 살육했습니다.

대다수에 사람은 자유민주주의가 무엇인지 공산주의가 무엇인지도 모르는 채, 이념화된 한 줌도 안 되는 인간들 때문에 삼 년여의 전쟁으로 260만 명의 사람이 지옥 같은 전쟁을 겪으며 겨레의 자손이 목숨을 잃고 살아남은 이도 죽음보다 못한 삶을 살아야 했습니다. 자신만이 옳다는 아집과 법집이 저지른 만행이었습니다.

6.25 전쟁이 끝난 지, 70년이 지났어도 한반도에 상황은 조금도 달라지지 않았습니다. 한반도를 둘러싼 사대 강국, 미국 중국 러시아

일본 등이 서로의 이익과 영향력 충돌로 인해 국제 정세는 갈수록 불안요소가 커져만 가는데, 위정자들은 서로서로 상종 못 할 집단으로 매도만 하지, 한집에 사는 나의 이웃이라고 생각하지도 않는 것 같습니다.

정치인이 만든 집단 이기주의를 국민마저 좌파니 우파니 하며 이념적 집단을 형성하였습니다. 최소한의 대화와 소통보다 조롱과 질시, 편 가르기가 가중되고 있습니다. 아집과 법 집은 사전 속에만 나오는 단어가 아니고 인간이 잘못 길러낸 성품의 자식입니다.

해탈(解脫)이라는 불교적 언어가 있습니다. 해탈은 해방이라는 말과 비슷한 말입니다. 해방은 자유라는 말과 밀접한 관계가 있습니다. 불교 수행의 목적은 해탈과 열반이고 이는 곧 자유에 다다름입니다.

여기서 자유는 궁극적 자유입니다. 학생이 학교를 졸업하거나 군인이 군대를 제대하면서 그 시설에서 벗어나는 것도 자유지만 불법으로서의 자유는 더 심오합니다.

모든 집착에서 벗어난 것이 해탈입니다. 지금 님께서는 무엇 때문에 괴로우십니까? 또 무엇 덕분에 행복하십니까? 고(苦)와 락(樂)은 동전에 앞면과 뒷면처럼 한 몸의 두 얼굴입니다. 돈 때문에 웃기도 하고 울기도 합니다. 사랑 때문에 살기도 하고 죽기도 합니다. 미움을 벗어 던지면 평화가 찾아옵니다.

우리는 동전에 앞면을 집착할수록 뒷면에 그림자가 커지는 이상한 숙명을 가지고 있습니다. 돈에 집착할수록 돈의 노예가 되기 쉽고 사랑도 미움도 마찬가지입니다. 이치가 그러하니 그러한 집착에서 벗어날수록 해탈과 닮아 가겠지요.

수행자에게 금과옥조 같은 단어 하나가 있는데 방하착(放下着)입니다. 지금 집착하고 있는 것을 내려놓으라는 이야기입니다. 좋다는 생각과 싫다는 생각에 얽매이지 말라는 이야기입니다. 때에 따라서는 보리밥도 먹고, 쌀밥도 먹습니다. 때로는 오솔길도 가고, 배추밭 길도 갑니다. 인연사가 그러하다면 그 인연의 길로 갑니다. 굳이 분하고 안타까울 일도 없습니다. 또, 으스대고 자랑할 일도 없습니다. 인연 따라서 온 것은 인연이 다하면 구름 사라지듯 흩어지기 때문입니다.

부처님께서 깨달은 바를 무상정등정각(無上正等正覺), 아뇩다라삼먁삼보리라 합니다. 위없는 일체의 지혜이며 바른 깨달음이라는 뜻이지요. 사바세계는 빛과 그림자로 나누어지는 세상입니다. 만나면 헤어지고 헤어지면 다시 만날 날을 기약하는 것처럼 시소 같은 운명입니다.

금강경 말미에 무유정법(無有定法)이라는 말이 나옵니다. 정해놓은 법이 없다는 말이지요. 아뇩다라삼먁삼보리는 무유정법이라 합니다. 그 어디에도 걸리지 않는다는 말입니다. 옳고 그름, 크고 작음, 있고 없음 등 상대적인 분별 시비를 넘어선 절대적 경지를 말합니다.

부처님께서는 인간의 몸으로 이런 집착과 분별을 넘어서 절대적 경지인 해탈과 열반을 몸으로써 보여 주셨고, 그러함으로 인간은 모두 다 이룰 수 있다는 가능성을 보여 주셨습니다. 그래서 불교도를 불자(佛子)라고 하는데, 이는 부처님의 자식이라는 말로 아이가 자라면 어른이 되듯이 우리도 부처님 말씀을 따라 행하고 증득하면 결국 부처를 이룬다는 뜻입니다.

불도라 함은 석가모니 부처님께서 가신 길이고, 행하신 일이고, 증득하신 일입니다. 스승께서는 몸으로 보이셨고 깨달으신 바를 감추지 않으셨습니다. 중생은 고(苦)와 락(樂)에 집착합니다. 이 고와 락에서 벗어나는 것을 중도(中道)라 하셨습니다. 모든 빛과 그림자에서 벗어날 수 있는 하나의 힌트입니다.

좋다는 생각에 어려움이 생깁니다. 또, 나쁘다는 분별이 사람을 작아지게 합니다.

사천 년, 삼천 년 전의 갈등이나 지금의 갈등은 사실 차이가 없습니다. 그 시절 인간의 마음이나 지금 이 시대의 인간의 마음이 다르지 않기 때문입니다. 욕망은 양날의 칼입니다. 문화와 문명은 인간의 욕망으로부터 출발합니다. 그러나 제어하지 못하는 욕망은 폭력과 투쟁 전쟁으로까지 비화합니다.

부처님께서는 두 가지를 제안하셨습니다.

하나는 지혜이고 또 하나는 자비입니다. 지혜는 옥석(玉石)을 가리는 힘입니다. 자비(慈悲)는 인간의 정이고 사랑입니다. 불교적 자비는 무차별적입니다. 차별을 두지 아니합니다. 지혜를 상징하는 보살은 문수보살입니다. 자비를 상징하는 보살은 관세음보살이지요.

불교의 보살은 이상(理想)적 행동가입니다. 누군가를 지지하고 응원하고 도와주는 행동가입니다. 관세음보살님께서는 이렇게 말씀하셨습니다.

"나는 단 한 번도 너를 외면한 적이 없다. 너희가 나를 찾지 않았을 뿐이다."

의지가 없는 이에게는 구제도 없음을 밝히시는 말씀이라고 새깁니다.

불교의 보살은 현세의 사회복지사들과 닮았습니다.

자비심 없이 사회복지를 한다는 것은 앙꼬 없는 찐빵처럼 팍팍하기가 이를 데 없겠지요. 세상이 팍팍해질수록 우리 사회복지사와 요양보호사는 더욱 빛을 발하고 필요한 사람입니다.

밤이 깊고 어두울수록 별은 더욱 빛이 나고, 밤하늘의 달빛은 어두운 밤길을 인도하는 길잡이가 될 것입니다. 부처님은 인간의 근본 자리에 모두 부처의 품성이 있다고 보셨습니다. 언젠가는 이 세계는 불국토가 될 것이라고도 말씀하셨습니다. 그래서 그 많은 보살이 필요하고 호법 신장이 필요하셨습니다.

저도 두 손 모아 서원합니다. 작은 보살로나마 이웃과 함께하고 부처님을 닮아 가도록 노력하겠다고요.

서원합니다.
중생을 다 건지오리다. 번뇌를 다 끊으오리다.
법문을 다 배우오리다. 불도를 다 이루오리다.

번뇌를 다 끊으오리다

반가운 전화가 왔습니다.

"원상 스님 잘 계시지요?"

"아! 예, 정혜 스님, 스님도 잘 계시지요?"

"예, 저도 잘 있습니다. 지금은 부산 송도의 사형 절에서 겨울 나고 있습니다. 시간 내서 부산에 한 번 다녀가시지요."

"예, 한번 내려가겠습니다."

그것이 정혜 스님과 마지막이었습니다.

정혜 스님과는 봉암사 선원에서 처음 만났습니다. 서로서로 알아봤다고 할까요. 살면서 이렇게 말이 통하고 의기투합한 적이 있나 싶었습니다. 우리 둘은 조금 선임자 레벨에 속하여 2인 1실로 같은 방을 썼습니다. 정혜 스님은 키도 훤칠하게 크고, 멋을 아는 사람이었습니다. 유명 대학 출신인데 학교 다닐 때, 무명 두루마기를 입고 밀

짚모자에 걸망을 메고 다녔답니다. 인기 좀 있었다고 겸연쩍은 미소로 이야기를 하더군요.

정혜사 선원에서 삼 년 결사를 마치고는 뜻한 바 있어 공군 법사로 자원입대하여 6년 간 사관생도와 간부들에게 포교를 열심히 했습니다. 소령으로 예편하여 바로 선원에 다시 들어왔습니다. 강직한 무인 기질이면서 모든 사람에게 친절하고 예의가 바른 스님이었습니다. 대중 선원에서 오래도록 정진에 진척이 없자, 봉암사 산내 암자에서 홀로 동안거를 나며 '이번 철에 목숨 걸었다.'라고 하며 정진하였는데, 사람이 감내하기 힘든 극한의 정진이었습니다. 그로 인해 건강을 많이 해쳤습니다. 그 후로 다른 처소에서 지내다 결국에는 자기가 좋아하던 희양산에서 스스로 생을 마감했습니다.

그때 부산에 못 내려간 것이 후회됩니다. 잔도 한 잔 못 올렸습니다.

스님 중에 대체로 선방 수좌들이 이런 식으로 삶을 마감하는 것이 종종 있습니다. 나는 그들의 절대 고독을 알기에 가슴이 더욱 아리고, 생각하면 눈시울이 뜨겁습니다. 뜨거운 청춘이 구도열로 정진하다 스스로 한계에 부딪혀 자신을 놓아버리는 불행한 일을 동의할 수 없으나 수행자가 겪는 무간의 고통은 넘을 수 없는 산이기도 할 것입니다.

번뇌를 끊는다고 하는데, 사실 번뇌는 실체가 없는 유령과 같아서 끊고 자시고 할 것이 없습니다. 인간은 생각하는 동물입니다. 깨어 있을 때는 생각이 쉼이 없고, 또 잠을 잘 때도 꿈을 통하여 이야기합니다.

그러니 무념무상의 경계에 이르는 것은 참으로 어렵습니다. 또 그렇게 무념무상에 경계에 올라섰다 하여도 한 순간의 체험이 아닐까 합니다.

번뇌를 끊는다고 함은 번뇌가 나쁜 것이라는 전제하에 하는 말일 텐데, 번뇌가 과연 나쁜 것이기만 할까요? 번뇌 안에는 판단·분별·고민 선택이라는 것이 상주하는데, 이것은 사람이 사람답게 살려는 의지의 작동이고, 거기에서 오는 불안과 공포는 하나의 방어기제이기도 할 것입니다. 우리가 걱정해야 할 것은 번뇌를 끊는다고 생각의 번뇌에 빠지지 않는 것입니다.

서유기에서 현장법사가 잠깐 자리를 빈 사이에 여섯 도적이 손오공과 일행 앞에 나타나서 강도질하려다 여섯 도적은 오히려 손오공의 무력 앞에 저 세상 사람이 됐습니다. 현장법사가 돌아와 보니 잠깐 사이에 벌어진 꼴을 보고는 손오공과 제자들을 꾸짖습니다.

"여섯 도적을 여섯 도적으로만 보지 않고 이들을 제도하면 육 바라밀로 만들 수 있는데 여섯 도적을 쳐 죽였으니 너희의 행동이 참으로 바른 것이냐."

여기에서 여섯 도적은 안이비설신의(眼耳鼻舌身意) 여섯 개의 감각 기관을 비유로써 말합니다. 우리 감각 기관은 객관적이지 않고 다분히 주관적입니다. 눈으로는 좋은 것만 보려 하고 귀로는 거슬리는 이야기는 듣지 않으려 합니다. 코는 좋은 냄새만 맡으려 하고, 혀는 한없이 간사합니다. 몸은 부드럽고 쾌적하기만을 바라고, 생각의 주인은 이기적이기만 합니다. 이런 이기적인 감각으로는 해탈과 열반의 세계에 나가기 어렵다는 생각인데, 또 이것을 빼놓고는 사람 자체가 성립되지 않고 수행할 수도 없는 것입니다.

법문을 다 배우 오리다

남암(南庵)에는 수좌계에서 전설로 통하는 초삼 스님이 살고 계셨습니다. 큰 스님께서는 조실이나 종정으로 모시려고 해도 두문불출 수행에만 애쓰시고 밖에 나타나는 일은 거의 없으시어 점차로 전설의 주인공이 되었지요.

내일은 동안거 결제일이어서 주지 스님과 선덕 스님 그리고 대중 대표로 입승 스님까지 세 분이 찾아가서 큰 스님께 결제법문을 부탁드렸는데 돌아오는 말씀은 '내 아직 공부가 끝난 사람이 아닙니다. 그러니 이해 좀 해주시기 바랍니다'라는 말씀이셨습니다.

결제 당일, 이 일로 하여 삼십여 명의 수좌들이 큰 방에 모였습니다. 결제법문 없이 우리끼리 결제식(結制式)을 할 것인지 아니면 아예 남암으로 쳐들어가서 거기서 결제식을 하고 올 것인지에 관해 논의하고자 함이었습니다. 결국, 공부하는 행자가 큰 스님을 찾아가서 법을 청하는 것이 올바른 것이란 의견이 다수였습니다. 모두 대가사를 개어 가슴에 붙여 들고 입승 스님을 선두로 안행식으로 남암 앞에 다다랐습니다.

그런데 어찌 된 영문인지 대나무로 엮어 만든 문에 오래 묵은 자물쇠가 잠겨있습니다. 문이라고 해야 옆으로 슬쩍 돌아서면 그만이지만 그래도 문은 문입니다.

문이 밖에서 잠겨 있는 것이 노사(老師)께서 외출하셨다는 뜻입니다. 그 문 앞에서 서성대는데 주지 스님과 고우 선덕 스님이 뒤따라오셨습니다. 주지 스님은 먼저 알고 계셨다는 듯이 '제가 앞장서겠습니다'라고 하며, 대나무 문 옆 능선 길을 무명 동방 소매로 휘휘 바람을 일으키며 성큼성큼 나아가십니다.

암자는 산맥이 내려오다 잠깐 쉬어 가는 그 자리에 앉아 있어 산줄기 따라 능선으로 올라갔다 다시 옆길로 내려와야 하는 코스에 있습니다. 암자에 들어서니 아침 햇살이 마당에 가득하고 엊그제 내린 눈발이 녹아 땅은 질척거렸습니다.

"큰 스님! 큰 스님! 큰 절 대중이 큰 스님이 안 오셔서 모두 산 넘어서 이곳에 왔습니다. 잠깐 얼굴이라도 보여 주십시오."

입승 스님이 씩씩하고 굵은 목소리로 말하였습니다. 잠시 정적이 흐르고 체격이 건장하시며 시골 촌부 같은 어른이 투박하고 담박한 미소를 지으며 나오십니다. '아! 저 어른이 초삼 노사(老師)시구나!'

하는 생각이 스쳐 갑니다. 그런데 그때, 대중 분위기는 그 질창에서 노사(老師)께 삼배를 하자고 누군가 먼저 이야기하면 모두 다 같이 맨 땅에서 절할 분위기입니다.

혜가 스님은 달마 스님에게 법을 구할 때 자신에 팔뚝 하나를 스승에 대한 믿음의 표시로 받치기도 했다지 않습니까. 노사께서 합장하시고 말씀하십니다.

"일없이 세월만 보낸 늙은 촌부에게 무슨 일로 이렇게 대중 스님이 오셨습니까."

"큰 스님 말씀 한번 듣고자 이렇게 전 대중 스님이 왔으니 어떤 말씀이라도 한 말씀해 주셔야겠습니다."

노사께서는 잠시 숨을 고르시고 하시는 말씀이 앞뒤 없이 말씀하셨습니다.

"도반을 잘 사귀세요."

순간 전율 같은 것이 느껴지며, 나는 그 말씀이 떨어지는 순간 당신의 뜻을 알아차렸습니다. 노사께서는 겸손하시게 '나는 아직 공부 중인 사람입니다. 다 같이 공부 열심히 합시다.'라고 하시는데 무슨 말이 더 필요하겠습니까?

들어 올 때는 산언덕을 넘어서 왔지만, 돌아갈 때는 노사(老師)께서 문을 열어 주시어 길 따라 큰 절로 돌아갔습니다. 어른께서는 우리 젊은 수좌의 손을 일일이 잡아 주시는데, 손은 크고 두터웠으며 따스

했습니다.

"공부 열심히 합시다."

건네시는 손길마다 그때의 감동은 이십 년이 흐른 지금도 여전합니다.

불법(佛法)은 시간과 공간을 뛰어넘습니다.

천 년 전에는 맞는 것이 지금은 그르다고 한다면 그것은 진리가 아닙니다. 유럽에서는 통하는데 한반도에서는 그렇지 않다면 이것 또한 진리라고 할 수 없습니다. 세대도 국경도 그 무엇도 평등하게 적용되는 것이 진리이고 불법입니다. 석가모니 부처님 재세 시에 부처님 이전에도 또, 부처님 입멸 이후에도 진리는 변함이 없습니다. 변하는 것은 진리가 아닙니다.

결국, 진리는 영구불변한 것이고, 그러한 진리를 깨달았을 때 우리는 비로소 참된 자유인이 되는 것이고 그것을 일러 해탈이라 하기도 하고 열반이라 하기도 합니다.

불자(佛子)라고 하는 것은 부처님 제자이고, 부처님은 우리 중생에게 참된 자유의 길을 몸소 보이시고, 성도 이후 입멸에 드실 때까지 중생의 근기에 맞추어 자비법문을 해주셨습니다.

어린아이에게는 아이에 맞는 법문을 하시고, 학식이 있는 사람에게는 그에 맞는 설법을 하셨습니다. 사실 부처님 입장에서는 근본 자리만 보이시면 되실 일이지만, 어리석은 중생은 손에 쥐어 주고 입에 넣어 주어야 알아듣기에 그토록 자비롭게 말씀을 하시게 된 것이고, 그것을 모두 모아 보니 하도 깊고 광대하여 그것을 일러서 팔만 사천 법문이라 하였습니다. 책으로 엮으니 대장경이라고 합니다. 이 공부는 영원성의 공부이고 한 마음의 공부이기에 자칫 잘못하면 팔만 사천 리 멀어 질 수 있기에 눈 밝은 선지식이 그 만큼 중요합니다.

예산 수덕사의 만공 스님은 스승이신 경허 스님의 지도 아래 공부를 지어가다 깨치셨는데, 스승에 대한 존경심이 얼마나 크셨는지 생전에 가끔 이렇게 말씀하셨답니다.

"우리 스님께서 불고기가 드시고 싶다 하시면 나는 '예, 스님!' 하고 웃으면서 나의 허벅지 살을 싹뚝 잘라 웃으면서 기꺼이 내놓을 수 있습니다."

스승에 대한 믿음과 존경이 이렇게 거룩하신데 깨치지 못하셨다면 차라리 그것도 이상할 것 같습니다.

공부 시작은 스스로 나는 아직 모른다는 자각에서부터 출발합니다. 내가 모름을 알기에 누군가의 말씀을 들어야 합니다.

부처님께서 설법해 놓으신 경(經)을 봅니다. 또, 듣습니다.

경(經)은 본다고 하지 배운다 하지 않습니다. 경(經)은 지도와 같은 것입니다. 지도와 실제는 같지 않습니다. 경으로 나침반을 삼고 실천 수행해 나아가며 확인하는 것입니다. 또 어느 곳에 눈 밝은 선지식이

계신다고 하면 불원천리 친견하여야 합니다. 친견할 때는 예를 다하고, 자신을 모두 비우고, 순수한 마음으로 받아들여야 합니다. 제대로 비워야 제대로 채울 수 있습니다.

수행자라는 말은 깨어 있는 자라 말할 수 있겠으나, 범부(凡夫)의 수행자들은 미(迷)와 오(悟)가 번갈아 오니 말뚝 같은 경(經)에 의지하거나, 눈 밝은 스승 아래서 공부를 지어 가는 것이 맞다고 할 것 입니다.

'법문을 다 배우 오리다'라는 서원은 참으로 진지하고 성실합니다.

하나를 모르나, 열을 모르나, 모르는 것은 매 한가지입니다. '법문을 다 배우 오리다'라는 말은 부처님 공부를 끝까지 이루겠다는 서원인 것입니다. 수행자가 중간에 '내 소리 들어 봐라'라고 하며 자신을 드러내는 일은 스스로에게는 이로움이 없을 듯합니다.

사람의 크기는 생각의 크기입니다. 지금 생각하고 행동하는 것이 결국 미래의 나입니다. 경(經)에 부처님께서 수기를 내려주는 장면이 왕왕 나오는데, 어쩌면 우리는 자기 자신에게 수기를 주는 사람이기도 하거니와 받는 사람이기도 합니다. 수기 내용은 우리 자신의 서원입니다.

부처님 말씀을 한마디로 말한다는 것은 어불성설이겠으나 그래도 굳이 이야기 한다면 '그대 자신이 부처이고 그대 자신이 보살입니다. 밖에서 찾지 아니하고 내 안의 부처를 바로보고 부처 행동을 하면 그만입니다'라고 하겠습니다.

옛날 어떤 이가 '봄'을 기다립니다. 기다리고 기다려도 영 소식이 없자 '봄'을 찾아 나섰습니다. 가까운 시내를 따라 가다 강을 만나고, 아주 오랜 세월 강이 흘러가며 만든 들을 걸으며, 농사 짓는 농부도 만나고 한가롭게 풀을 뜯는 소도 봅니다. 길 없는 곳에서는 길도 만들며 나아가고, 가파른 산도 마다 하지 않았습니다. 배고픔과 거친 잠자리는 기본입니다. 그러나 끝내 봄은 찾을 수 없었고, 그렇게 헤

매다 고향 집으로 돌아 왔습니다.

내 집은 그대로입니다. 싸릿문을 열고 들어서는데 오래된 복숭아 나무에서 복숭아꽃이 붉게 피었습니다. 그 힘들고 오랜 시간을 밖에서 '봄'을 찾다 못 찾은 '봄'이 내 집안에 태연히 복숭아꽃 살구꽃으로 피어나 돌고 돌아온 '나'를 맞이합니다.

사람은 죽을 때까지 배워야 한다는 말은 참으로 맞는 이야기입니다. 흘러간 옛 노래 마냥 왕년의 이야기만 해대는 사람은 매력 없습니다. 오래된 골동품은 세월 갈수록 값이 나가지만, 멈추어진 사고방식은 갈 곳 없는 꼰대입니다.

깨어 있으라는 말은 한 생각에 머물지 말라는 뜻입니다.

좌파니 우파니, 진보니 보수니 하며 서로가 실체도 없는 이름에 얽매이어서는 안 됩니다. 종 노릇하지 말고 주인 노릇 하자는 이야기입니다. 깨어 있음은 살아 있는 것이고, 항상 자기 자신을 열어 놓고 최상으로 진화해 나가는 것입니다. 살아 있을 때 황진이지 죽어서는 혐오스러운 시신일 뿐입니다.

주위를 돌아봅니다. 나에게 참다운 도반은, 나는 또 누군가에게 좋은 도반인가요?

"도반을 잘 사귀세요."

현풍 비슬산 기슭의 도성암

도성암은 현풍 비슬산 중턱에 있는 작은 암자입니다.

삼국유사에도 등장하는 사찰이니 아주 오래된 절이지요. 절에서 바라보면 멀리 실낱같은 강이 보이는데 그 강이 바로 낙동강입니다. 삼국유사에 이르면 낙동강은 기름이고 도성암 대웅전 앞에 작은 탑이 등잔 기름 위 심지라고 합니다. 강은 마르지 않는 기름이라서 이 암자에서 오백 도인이 나올 것이라는 전설이 있지요.

선방은 열두 명 앉으면 꽉 차는 작은 방입니다.

성찬 노스님이 암주이신데 노스님 말씀으로는 당신 이십 대 초반에 만공 스님에게 자신의 깨달음을 인가받으셨다 합니다. 어느 때는 호랑이도 보고, 용도 보셨다 하는데 긴가민가합니다. 쌀 이외에는 대체로 자급자족하여야 했기에 노스님은 항상 장화 신고 다니며 밭농사를 하기에 바쁘셨습니다. 딱 시골 노인의 모습입니다.

노스님은 새벽 정진과 저녁 정진은 꼭 참석하셨는데 버릇이 하나 있었습니다. 그 버릇이라는 것이 정진 죽비를 치면 보통 오 분 안에 코를 고셨습니다. 소리도 새근새근 정도가 아닙니다.

어느 때 구참(久參) 스님 한 분이 이에 잔소리하였습니다.

"아! 큰스님 주무시려면 스님 방에서 주무시지 왜 선방에서 코를 있는 데로 고십니까?"

노스님은 씩 웃고는 그냥 지나치십니다. 또, 노스님은 아주 왕소금이어서 공부하는 수좌들에게 먹는 것에 인색했습니다.

어느 날, 현풍 장날이면 장에 다녀오시는데 절집 식구가 적은 식구가 아니라서 돌아오실 때는 택시를 타고 오십니다. 그래도 작년에 길이 나서 차가 들어오기 전에는 대중이 모두 내려가 초입부터 지게에 지고 올라와야 했습니다. 새끼 새 마냥 대중은 큰 스님이 입맛 다시는 거라도 사서오셨나 눈으로 이리저리 훑어봅니다. 썩 좋은 소식은 없습니다.

다음 날 차담 시간에 종이봉투에 담긴 부꾸미를 내놓으시는 데, 조금 으스대는 면도 있습니다. 없던 시절이라 그것도 반가운데, 먹다 보면 과자가 누지고 냄새가 약간 나는 것이 필시 팔다 못 판 것을 얻어 왔다 의심하지 않을 수 없습니다. 그래도 그 부꾸미를 남긴 적은 한 번도 없습니다. 어느 때 먹거리가 모두 떨어져 십시일반 각출해서 식빵이며 과자를 사 와서 차담 시간에 내어 같이 먹으면 노스님은 우리 두 배는 잡숩니다. 아주 볼이 빵빵 합니다.

또, 참지 못한 구참 스님이 한마디 합니다.

"큰 스님! 큰 스님은 대중 간식도 사주지 않고 대중 돈 걷어서 사 온 걸 큰 스님이 이렇게 많이 잡수면 이건 아니지 않습니까?"

노스님은 코 박고 잡숫다가 그 이야기를 들으시곤 고개를 살짝 들고서는 정말 천진한 아이처럼 씩 웃고는 다시 잡숩니다. 노스님을 이길 방도가 없습니다.

어느 날 스님들과 대화 중에 페인트 이야기가 나왔는데, 내가 생각 없이 뻥을 쳤습니다.

내가 속가 시절에 페인트 공으로 세 식구를 먹여 살린 사람입니다. 가끔 하는 나의 레퍼토리로 뭐해서 세 식구 먹여 살렸다는 이야기인데, 그 자리에 노스님이 계셨습니다. 노스님이 아주 반가운 표정으로 나를 보면서 정말이냐고 물으십니다. 아차! 싶었으나 엎질러진 물이었습니다.

'아, 그럼요'

노스님 말씀이 '화장실 페인트를 칠해야 하는데 자네가 하면 어떠냐'라고 하십니다. 얼떨결에 '제가 하겠습니다'라고 대답했습니다.

다음 삭발일에 현풍 읍내 페인트 가게에 가서 시너를 페인트에 섞는 요령이라든지 자세하게 설명을 듣고서는 다음 날부터 화장실 페인트를 시작했습니다. 때는 한여름이었습니다. 고약한 냄새를 맡으며 두툼한 라면 상자를 잘라 왼손에 쥐고 다른 한 손으로 바닥에 페인트액이 안 떨어지게 정성껏 칠했습니다.

점심 공양이 끝나고 다른 스님은 뒷짐 지고 포행(布行) 갈 때, 나는 화장실로 향했습니다. 짬 내서 하는 일이라 사나흘은 걸린 것 같습니다. 한여름 푸세식 화장실에 쪼그리고 앉아 삼십 분 이상 칠하면 '아휴!' 소리가 절로 나옵니다. 페인트 칠이 다 끝난 날 저는 대중 스님에게 전직 페인트 공으로 인가를 받았습니다.

"어떻게 바닥에 페인트 국물 하나 안 떨어졌네요! 색깔이 하늘색으로 밝고 좋습니다. 고급 기술입니다!"

그날 저녁에 노스님도 제게 칭찬 한마디 하십니다.

'칠, 잘했습니다.'

그런데 덧붙여서 하시는 말씀이 '법당 뒤에도 칠이 다 벗겨져서 손을 봐야 하는데 자네 기술이 좋으니 마저 좀 해라'라고 하십니다. 법당은 한 일주일 걸린 것 같습니다. 저는 그 뒤로 뭐해서 세 식구 먹여 살렸다는 뺑은 안칩니다. 버릇 고쳤습니다.

욕심 많은 시골 노인 같은 노스님은 공부 이야기가 나오면 푸른색이 감도는 잘 벼린 칼과 같았습니다. 공부 이야기로 돌아가면 아주 딴 사람입니다. 인정도 자비도 없습니다. 분명한 자기 확신만 있을 뿐입니다.

만공 스님에게 법 받았다는 말씀은 분명 뺑이 아닌 것으로 저는 믿습니다. 노스님도 제가 세속에서 유능한 페인트 공이었음을 믿으셨듯이….

삼보님께 귀의 합니다 _ 불보佛寶

우리 집에 손바닥만 한 크기의 누런 엽서가 한 번씩 오고는 했는데, 그 내용을 가만히 보면 첫 문장이 항상 '귀의 삼보 하오며'였습니다. 그리고는 그 밑에 본문으로 들어가면 돌아오는 칠월칠석이라든가 백중 또는 사월 초파일 행사가 있으니 몇 날 몇 시에 동참해 주시라는 내용이었습니다. 나만의 기억만으로도 사오십 년 전에 쓰던 문구를 지금도 내가 쓰고 있으니 그렇게 써야만 하는 무슨 이유가 있을 것입니다.

지금도 기억나는 것 하나는 어머님께서 절집 명절날 절에 다녀오시면 검은콩이 박힌 하얀 백설기를 한 덩이 가져오시는데, 씹으면 씹을수록 단내가 나 맛나게 먹었던 기억이 있습니다.

어머님은 독실한 불교 신자였습니다. 새벽이면 세면 양치하고 방 안 벽 상단에 관세음보살 사진을 붙여놓곤 그 아래서 천수경과 염주

돌리기를 오래 하셨습니다. 어느 땐, 마당에서 웅얼웅얼 거리는 것이 지금 와 생각하면 도량석을 하는 모양입니다.

어릴 적 우리 집 화장실은 뒷마당에 있었는데 전구를 설치하지 않았습니다. 아이는 밤에 화장실 가는 것이 큰 문제였는데, 플래시가 있다 하더라도 어린아이에게는 참으로 두려운 일이었지요. 어느 날 어머님께서 하시는 말이 '나무아미타불 관세음보살'을 자꾸 부르면 아무리 어려운 일이 있어도 괜찮아질 것이고, 무서운 생각이 들어도 그 무서운 생각이 금방 사라질 것이라고 했습니다. 밝을 때는 일절 생각하지 않던 말을, 깜깜한 밤 화장실 갈 때에는 '나무아미타불 관세음보살'을 죽기 살기로 외웠지요. 지금 생각해보면 그때 '나무아미타불 관세음보살'은 내 가슴에 씨가 되어 자라나기 시작했는가 봅니다.

초등학교 5학년 때 폐결핵을 앓았는데, 처음에는 잔기침에서 시작하여 나중에는 기침 끝에 가슴이 너무 아픈 지경이었습니다. 병원에서는 폐결핵 3기라고 진단했고, 나는 뭉텅이 약과 카나마이신(결핵 등에 효력이 있는 항생물질) 주사를 매일 맞아야 했습니다. 기침이라는 것이 참 희한한 게 참으려 할수록 목구멍이 간질간질하여 밖으로 토해내지 않고는 이겨낼 재간이 없습니다. 네 살 많은 형과 한방을 썼는데 밤이 되면 기침은 더욱 심해지고, 자는 사람을 깨우지 않으려 기침을 참을수록 제개는 괴로운 시간이었습니다.

어느 날, 어머님이 다니는 정릉에 있는 '대성사'라는 절를 따라갔는데, 법당에 들어서서 어머님은 '부처님한테 간절하게 소원을 빌고, 절하면 그 소원이 이루어진다'라고 말씀하셨습니다. 그때, 나의 소원은 기침을 멈추는 것이었고, 그날 그 자리에서 절하며 숫자를 세다 잊을 만큼 절을 하였습니다.

나는 내게 처방된 약만 10개월 이상을 먹었습니다. 간호사가 되었던 어머니는 조석으로 주사를 그만큼 놓았습니다. 나와 같은 병을 앓았던 앞집의 형은 내가 주사 끊기 전에 세상과 이별했습니다.

그 무렵, 나의 부처님은 어머니였습니다. 어머님이 인도자였고 어머님이 좋은 의사였습니다. 그래서 나는 어머님이 믿고 의지하던 부처님을 그냥 무한 신뢰하였습니다.

일찍 남편을 잃은 다섯 아이의 젊은 엄마는 아마도 깜깜한 화장실을 무서워했던 나만큼 세상이 무서웠을 겁니다. 아이들 학교에 공납금 내는 날이 무서웠을 테고, 시장갈 때 얇은 빈 지갑이 무서웠을 것이며, 가늠할 수 없는 미래가 무서웠을 겁니다. 가끔은 당신이 너무 무서우면 칭얼거리는 아이의 등을 사정없이 때려주기도 했습니다. 그렇게 무섭고 힘들었기에 어머님도 '나무아미타불 관세음보살'을 쉼 없이 부르고, 백팔염주가 달고 닳도록 돌리셨을 겁니다.

미혹한 중생에게 부처님은 인도자이고, 좋은 의사이며, 따스한 젖가슴을 가진 어머니입니다. 아이가 아프면 함께 밤을 새우고, 한겨울

찬 바람에 아이를 업고 바람 들지 않게 꼭꼭 싸매고 숨찬 달리기를 하는 어머니 마음입니다.

부처님은 대단하신 분입니다. 일평생 절약이 몸에 밴 우리 어머니가 초파일이면 제일 먼저 절에 가서 등 달고, 어느 기도일이면 동참금을 꼬박꼬박 내시고, 그도 성에 안 차면 아들들을 끌고 절에 가서 기왓장을 나릅니다. 하다못해 마당이라도 쓸게 하신 우리 어머니가 믿는 장한분입니다.

삼보(三寶)는 불교가 성립하기 위하여 없어서는 안 되는 세 가지 보물입니다.

그 첫째는 불보(佛寶)입니다. 아주 귀하고 귀한 것을 보물이라 하지요. 사실 우리는 부처님을 헤아릴 수 없고, 정의할 수 없습니다. 물론 학자들은 '이러저러합니다'라고 할 수 있겠지만, 제가 보기에는 장님이 코끼리 만지는 거나 큰 차이가 없어 보입니다. 환갑이 다 돼가는 자식이 어머니 마음을 헤아리지 못하는 것처럼 말입니다.

부처란 진리 그 자체이고, 진리를 실증한 인간이기도 하고, 진리를 가르쳐주는 인도자이기도 합니다. 어느 면에서 부처를 바라볼 것인지는 순전히 자신의 몫입니다.

교(敎)의 차원에서 보면 석가모니 부처님은 불교의 교주이십니다. 석가모니 부처님께서 무상의 정등정각을 이루시었고, 나아가 중생에게 당신의 한없는 자비심으로 교화에 나서셨음으로 불교라는 종교가 존재하는 것입니다. 하여 불교라는 종교는 석가모니 부처님께서 근원이시고, 당신께서 깨달은 진리가 전부이기도 한 것입니다.

부처님께서 그 사람의 근기에 맞게 맞춤 설법을 하셨습니다. 어린 아이에게 대학교재를 쓰지 않으셨고, 노인에게는 그에 맞는 관심사를 말씀하셨습니다. 점차 나아지게 하여 결국에는 진리의 강물에 발을 담그게 하셨던 것입니다. 진리에 입각하나 근기에 맞춰 제도한다는 것이 부처님의 계획이 아니었나 싶습니다.

아이가 자라면서 사춘기가 되고, 친구가 더 좋아지며 자신만의 의견과 취향이 자연스레 생겨납니다. 엄마 뒤만 졸졸 따라다니던 아이가 친구와 어울리는 것을 좋아하고, 여러 종류의 친구가 많아 밖에서 도는 시간이 많았던 아들에게 어머니는 이런 말씀을 하십니다.

"아들아 친구도 네가 잘되어야 친구지, 그렇지 않으면 친구도 내 곁에 있지 않다."

나는 그 말씀을 가슴에 새기었고, 누군가에게 바라는 것보다 내가 조금 더 손해 보고 베푸는 것이 마음 편하고 좋다고 생각했습니다. 그래서인지 어느 곳에 살아도 그냥 맥없이 살지는 않은 것 같습니다.

'주인공으로 살아라'라는 말은 불교의 키워드 중 하나입니다. 자기가 속해 있는 집단에서 꼭 필요한 사람이 되라는 말씀은 부처님 말씀과 다르지 않습니다.

"주인공으로 살아라."

어느 부모도 자기 자식에게 해주고 싶은 말일 것입니다.

'어디에 있든 꼭 필요한 사람이 되어라'

부처님은 상주불멸(常住不滅)하십니다. 기도 영험 설화는 수없이 많습니다. 기도와 가피는 한 짝이기 때문입니다.

가피 이야기 한 대목 하겠습니다.

사업에 실패한 거사님이 해인사 암자에 오셔서 기도를 아주 열심히 하셨답니다. 화두도, 기도도 간절하면 힘든 줄도 모르고 하는 줄도 모르고 하게 됩니다.

아마도 그 거사님도 간절함으로 기도하다 보니 마냥 시간이 지나갔다 합니다. 그러다 집에 갈 일이 있어 부산에 가게 되었는데, 길을 걷다가 문득 어떤 소리가 들리더랍니다.

"지금 네 눈 앞에 보이는 땅을 사거라."

거지가 다 된 사람에게 땅 사라는 이야기는 온당치 않은데 너무나 생생한 말소리에 안 되면 그만이지 하는 마음으로 아는 지인에게 돈을 부탁했습니다. 지인은 흔쾌히 돈을 빌려주었습니다. 하여 투자하였습니다. 기대는 처음부터 하지도 않았다 합니다.

그로부터 얼마 있지 않아, 그 지역은 개발되어 거사님은 아주 많은 돈을 벌었다고 합니다. 그 돈이 종잣돈이 되어서 하는 일마다 대박이 났고, 불과 십여 년 사이에 우리나라 굴지의 건설회사로 성장하였지요. 나처럼 세상모르는 사람도 아는 회사이니 유명한 회사입니다. 그런데 이 가피 이야기는 반전이 있습니다.

성공한 건설회사 사장이 된 사람이 가끔 이 암자에 와서 기도를 다시 드리고는 했는데, 그 암자 큰스님께서 하루는 시주를 말씀하셨답니다.

"자네가 우리 원당암에서 기도하여 그리 큰 성공을 했으니 전각 하나를 지으려 하는데 자네가 도맡아서 하면은 어떻겠는가."

기도를 열심히 할 때는 일구월심으로 하였지요. 성취하면 부처님 일도 하겠다 하며 원력을 세웠을 텐데, 돈에 눈이 멀어 더 갖고 싶어만 했지, 소위 사회 환원이라는 순수함으로 돌아가는 일을 못 한 것입니다.

사장이 오히려 역정을 내었습니다.

"제가 무슨 돈이 있다고 제게 돈을 내라고 하십니까?"

큰 스님도 불같은 성질을 가지신 분으로 정진력에서는 성철 큰 스님에게도 인정받으신 어른이셨습니다.

"시자야! 시자야!"

큰 스님께서 시자를 부르자 시자가 다가왔습니다.

큰 스님이 말씀하셨습니다.

"저 근본 없는 놈을 당장 쫓아내고 다시는 이 절에 발도 못 붙이게 하여라. 알겠느냐."

"예. 스님"

건설회사는 불같이 일어나기도 했거니와 너무 쉽게 무너져 버린 회사였습니다. 암자에 살았던 원주 스님에게 직접 들은 영험 실화이며 가피의 추락이었지요.

부처님은 상주불멸하여 믿는 자에게는 항상 같이 머무르며, 믿지 않는 이에게는 당신에 뜻도 거두십니다. 부처님은 기침하는 나에게 가슴을 쓰다듬어 주셨고, 무서움에 웅크린 깜깜한 우리 집 화장실에서 나와 함께 해주셨습니다. 이제는 어머님 안 통하고 내가 부처님하고 직통하는 사이가 되었습니다.

"나무아미타불 관세음보살"

삼보님께 귀의합니다 _법보法寶

한 이십년쯤 되었을까요? 법주사 선원에 살 때인데 그 철에 통도사 영수 스님하고는 처음 같이 살았습니다. 영수 스님은 동진 출가한 스님인데 우리나라 문화재에 관심이 많았습니다. 법주사 경내를 함께 걷다 보면 석탑이나 전각 등 보물 이야기를 많이 해 주었습니다. 다른 사찰이나 탑에 관해 물어도 척척 박사로 모르는 것이 없는 듯 했습니다.

하루는 우리나라 문화재에 대해 얼마나 아느냐고 물었습니다. 영수 스님이 말하길 '한 70% 정도 아는 것 같다'라고 하더군요. 전국에 다니면서 사만 장 이상 사진 찍고 거기에 노트에 기록까지 하였답니다. 말뽄새는 경상도 사투리로 욕을 맛깔스럽게 하는 조금은 거친 스님이었습니다. 그러나 사람은 겉모습만 보고 알 수가 없지요.

법주사 대웅보전을 가장 아름답게 볼 수 있는 자리까지 가르쳐 줄

정도로 영수 스님은 심미안이 뛰어났습니다. 내게 우리나라 국보1호
가 남대문인데, 그것은 잘못된 것이랍니다. 우리나라 국보1호는 당
연히 한글이어야 한다는 말을 열정적으로 강설하였습니다. 다 듣고
나니 참으로 지당하다고 동조하였던 기억이 있습니다.

사람에게 없어서는 안 될 것이 많이 있겠지만 언어는 필요필수입
니다. 언어는 의사소통이고, 감정 표현이며 역사와 인생 그 모두를
기록하는 도구이기도 합니다. 사람의 사고도 언어로 한다 하니 그야
말로 문화와 그 이전의 것도 언어의 영역일 것입니다.

부처님께서 깨달은 경지는 언어 이전의 것이긴 하지만 언어가 없
었다면 바로 옆 사람에게도 전달 할 수 없었을 겁니다. 언어 이전의
도리를 언어로 표현하여 설법한 것을 제자들은 부처님 입멸 후에 구
술로 전승하였지요. 그러다 세월이 흘러 글자로 기록하고, 그것을 우
리는 경전(經典)이라 하고 부처님의 가르침을 모은 것이라 하여 불경
(佛經)이라 합니다.

모두들 아시는 바와 같이 팔만대장경은, 팔만이라는 숫자는 아주
많다는 의미에서 그렇게 불렀을 겁니다. 인간의 번뇌가 거친 것에서
부터 미세한 것에까지 하면 셀 수 없을 것이고. 그럼에도 부처님께서
는 각각의 인간 군상의 근기에 맞게 맞춤 설법을 하다 보니 그 양이
그렇게 많아졌던 것입니다.

부처님께서 깨달은 내용을 중생에게 이해 할 수 있게 하는 말씀이

니 그 자체가 부처님이고 부처님 사리라 하여 우리는 경전을 법보라고 이름하였습니다.

스승은 가시어 뵙고 여쭐 수 없으니 후대의 불교도는 경전을 통하여 부처님 생각을 짐작하고 경전을 통하여 가르침을 받는 것입니다. 원상이라는 이름이 그 자체의 인물일 수는 없겠으나 그 이름을 떠올리면 원상이라는 인물이 가늠되는 것처럼 경전이라는 법보는 부처님을 대신합니다.

가야산 해인사는 법보종찰(法寶宗刹)이라 하는데 해인사 장경각에 팔만대장경을 소장하기 때문에 그렇게 이름 지었습니다. 해인(海印)이라는 말은 '바다에 진리의 증명서 도장을 찍는다'라는 말 일진대 변화무쌍 출렁거리는 바다에 어찌 도장을 찍을 수 있겠습니까?

팔만대장경은 찍을 수 없는 진리의 도장을 대신하여 천년세월 이상으로 진리를 증명하고 있는 것입니다. 불상(佛像)이 없고 부처님 사리가 없으면 대신하여 불경(佛經)을 법(法) 사리라 하여 예경하기도 합니다. 지금도 우리 절집 풍습이며 수행의 한 일환으로 사경(寫經)함은 이런 의미가 함축되어진 것으로 봅니다.

운명적인 만남이 있을진대 보통은 사람이기도 하겠지만 책도 운명적인 만남이 있다고 생각 합니다. 나는 금강경이 나에 운명이었다고 생각합니다.

법주사 강원에서 교과목으로 처음 접하였으나, 이십대 후반쯤 청

해인사 팔만대장경

담 스님의 《금강경 대강좌》라는 주해본을 읽었는데, 읽는 순간 나는 '금강경'에 사로 잡혔습니다. 환희에 가득 찬 나는 그 긴 글을 필사하였습니다. 한 글자도 놓치기 싫었지요.

또, 한번 내 인생의 두 번째 필사는 최순우님의 《배흘림 기둥에 서서》라는 우리나라 문화재에 관한 서적입니다. 한번 권해봅니다. 두 번째 금강경을 본 것은 삼십 대였는데 부안 내소사 강백 스님이었던 해안 노스님의 《금강경 해석본》이었습니다. 또 한번의 감동이었습니다.

세 번째는 양평 상원사 선원에 살 때인데, 족저근막염이 심하여 수술을 받았고 한 보름쯤 목발을 짚어야 했습니다. 앉지를 못하니 내 방에서 소일하며 그때 얇은 《금강경 독송본》을 보았습니다. 이때는 누구한테 의지하지 않고 나 스스로 보았습니다.

출가 후, 출가하기를 잘했다는 생각을 몇 번했습니다. 이는 대체로 정진하다가 한번씩 오는 경계였고, 경전을 읽고 이런 생각 하기는 처음이었습니다. 마누라가 예쁘면 처갓집 말뚝에도 절을 한다더니 글이 얼마나 고맙던지 글의 토씨까지 감사했습니다. 고려 말 보조 스님이 서장이라는 글을 보시다가 깨달았다더니 영 없는 말은 아니라는 생각이 들었습니다.

금강경은 내게 운명이었고, 출가의 정당성을 확보해 주는 말씀이었습니다. 그 뒤로 한 십 년쯤 흘렀는데 다시 금강경을 보지는 않았습니다. 아마도 다른 운명의 날이 기다릴 것이라는 믿음 때문일 것입니다.

나라는 사람은 아마 그런 사람인 모양입니다. 사전 두께의 책을 다 읽고서도 줄거리는 잘 기억을 못 하는데 주인공과 등장인물의 감정선이 전이하면 내가 통감한 것은 오래도록 그대로 남아 있습니다.

춘원 이광수의 이야기 한 토막 소개하겠습니다.

춘원은 금강산을 유람하다 어느 노스님에게 법화경(法華經)을 소개받았고 법화경을 읽으며 불법을 알고 불교에 귀의했습니다. 춘원은 이런 인연으로《소설 원효대사》와《꿈》이라는 책을 발표하였습니다. 우리가 알고 있는 '원효 대사'는 춘원이 그린 '원효 스님'의 이미지가 절대적이지 않을까 생각합니다.

춘원 선생은 법화경에 심취하였고 법화경을 모든 이들에게 쉽게 알리고자 '소설 법화경'을 준비하셨습니다. 춘원 선생에게는 가까운 인척의 형님 스님이 계셨는데 그 어른께서는 봉선사 큰스님이셨던 대강백 운허 스님이었습니다.

하루는 정신적 의지처였던 운허 스님을 찾아뵙고 소설 법화경을 쓰는 취지와 인연을 말씀드렸는데 큰스님께서는 반대하셨다 합니다. 운허 스님께서는 평생 한문 대장경을 한글 대장경으로 번역하는데 일생을 바치신 어른이었습니다. 지금 우리가 한글로 대장경을 볼 수 있는 것은 큰스님의 원력과 노고 때문일 것입니다. 번역가로서 또 대강백이신 어른께서 반대하신 이유는 분명하고 확실한 이유가 있었을 것입니다. 하지만 태어나지 못한 춘원 판 법화경은 과연 어떠했을지 자못 궁금하기도 합니다.

불교는 신의 종교가 아닙니다. 불교는 지혜와 자비의 종교입니다. 이 지혜와 자비는 철저하게 진리를 기반으로 합니다. 진리를 깨닫지 않고, 그러니까 깨달음을 전제로 하지 않는 불교는 성립할 수 없습니다. 그 깨달음은 수행과 정진 그리고 기연이 닿았을 때 오는 결과물입니다. 아마도 운허 스님께서는 재주로서 불교에 다가가는 춘원이

불안하지 않았을까요. 그것도 항상 아끼는 인척의 동생에게 기대감보다는 불안감이 더욱 컸을 수도 있었을 겁니다.

불교에서는 진리를 법(法)이라고 표현합니다. 법은 바뀔 수 없는 것입니다. 세월이 흘러도 장소가 바뀌어도 변하지 않는 것. 이를테면 모든 것은 변한다는 사실이 변화의 속성은 과연 어떻게 생겼을까를 사무치어 깨달았을 때 무상(無常)의 진리를 알 수 있는 것입니다. 어쩌면 가장 쉽고도 가장 어려운 것이 불교입니다. 빠져들기는 쉬우나 헤엄쳐 건너기는 쉽지 않은 것입니다.

은산철벽(銀山鐵壁)과 마주한 수행자의 고뇌가 여기 있습니다. 여기까지 와서 물러설 수도 없는 것. 수행이 어렵고 수행자가 존경스러운 이유이기도 합니다.

불보(佛寶)와 법보(法寶)는 자세히 놓고 보면 한 몸입니다. 부처님께서 깨달으신 진리 이것이 불보이고 법보인 것이지요. 진리라는 것은 석가모니 부처님 이전에도 있었고 석가모니 부처님 이전에도 있는 것입니다. 그래서 우리는 석가모니 부처님을 교주라고 하기보다는 본사(本師), 본래 스승이라고 부르는 것입니다.

나무 영산불멸 학수쌍존 시아본사 석가모니불
南無 靈山不滅 鶴樹雙尊 是我本師 釋迦牟尼佛

영취산에서 설하신 설법은 불멸하며

하얀 나무 아래서 입멸하신 부처님은

우리 곁에 항상 같이 하시어 나의 본래 스승님
석가모니 부처님께 귀의 합니다.
나무 대방광불 화엄경 나무 대방광불 화엄경
나무 대방광불 화엄경.
대방광불 화엄경에 귀의 하옵니다.

삼보님께 귀의합니다 _승보僧寶

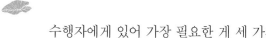

　　수행자에게 있어 가장 필요한 게 세 가지 있으니 첫째가 스승이요, 둘째가 도반이요, 셋째가 도량이라 하였습니다.

　　스님에게도 스승은 보물과 같이 아주 귀중한 존재임은 일반인과 같습니다. 내 스승의 스승도 스님이요 또, 그 위에 스승도 스님입니다. 나의 스승은 덕산당 각현 대종사이시고 또, 우리 스님의 스승은 미룡 월탄 대종사이시고, 그 위의 스승은 금오 스님이시며 또, 그 위의 스승은 보월 스님 다시 금오 스님, 만공 스님 그리고 해탈자 경허 스님입니다.

　　이렇게 거슬러 올라가면 결국에는 석가모니 부처님에게 닿습니다. 이것을 법맥이라 하고 이것이 정통 계보입니다. 일본 스님도, 중국 스님도, 남방불교 스님도 거슬러 올라가면 종국에는 부처님이 앉아 계십니다. 지금 나 원상이 존재하는 것은 이천오백육십 년 동안 그

많은 스님이 자신의 이(理)와 사(事)의 수행을 두루 철저하시고, 훌륭하게 견뎌내신 덕입니다.

스승은 제자를 기르고 제자는 스승의 길을 좇아 나아갔습니다. 스승이 있어야 제자가 있는 이치로 제자가 있으므로 해서 스승도 있습니다.

열아홉 살 소년이 절에 처음 들어가니 소년을 맞이한 사람은 행자님이었습니다. 행자는 사미 십계를 받기 전 수습으로서 사찰에서 불목하니가 하는 일 그 이상으로 고된 과정이었습니다. 사찰의 기본예절과 자세를 스님이 아닌 상행자님에게 교육받습니다. 행자님이야말로 사찰전통의 물림이라 할 수 있습니다.

법주사 행자실은 기강이 아주 엄격했습니다. 일반 속인에서 수행자로 변화하는 과정에서 과거의 습관과 관념이 쉬이 바뀌지 않기에 그런 억척스러운 행동 규범이 필요했을 거로 생각합니다. 당시에 우리 행자실은 열사람 출가하면 한두 사람만이 남을 정도로 쉽지 않았습니다.

지금 와 생각해보면 깜깜한 일입니다. 아마도 어렸기 때문에 위에서 시키는 일을 의심하지 않고 따랐기에 가능했으리라 봅니다. 물론 우여곡절도 많았습니다.

행자 생활은 일 년 정도로 기준 잡습니다. 조금 더 한 행자도 있고 덜한 행자도 있습니다. 행자 기간은 세속의 물을 씻어내야 하는 과정입니다. 사회와 관계된 것은 모두 차단한 채, 오로지 예불 공양 울력을 반복 또 반복하는 시간입니다.

행자에게 가장 큰 꿈이 있습니다. 바로 스님이 되는 것입니다. 가사 장삼을 수하고 허리 어깨를 곧게 펴고는 당당하게 걷는 스님을 보면 동경 그 자체이기도 했습니다.

출가하기 한 해 전 스님들이 쓰신 글을 탐독했습니다. 무소유로 유명한 법정 스님을 비롯해 정다운 스님, 향봉 스님 등등. 그들이 쓰신 산사의 풍경과 수행자의 치열한 구도 모습은 나의 감성에 큰 울림을 주었습니다. 이후로 '아름다움'의 가치는 '출가한 스님의 걸망 진 뒷모습이다'라는 생각이 각인되었습니다.

현실에 안주하지 않고 끊임없이 한 발자국씩 나아가는 모습이지요. 고독은 하나의 수행이고, 그 속에서 피어나는 무지개 같은 그 무엇이며. 한목숨 걸 수 있는 강렬한 무엇이고, 그런 무리에 함께 할 수 있다면 스님으로 사는 것도 괜찮다고 생각했습니다.

선가에 줄탁동시(啐啄同時)라는 말이 있습니다. 병아리가 알 속에서 껍질을 쪼면 어미 닭이 밖에서 귀를 기울이고 있다가 작은 소리가 들리면, 자신의 부리로 껍질을 같이 깨주는 형상을 말합니다. 그래야 병아리가 세상 밖으로 나올 수 있습니다. 병아리와 어미 닭이 동시에 협업하여야 세상이 열리는 것입니다.

견성성불은 제자의 일만도 스승의 일만도 아닙니다. 제자는 스승을 잘 만나야 하고, 스승도 후학 제접(堤接)을 잘해야 깨달음이 면면히 이어질 수 있습니다.

나의 스승은 무지몽매한 저를 오래도록 말없이 기다려 주셨습니다. 허허! 허허! 하시면서 말입니다. 누구인가 나를 핀잔하거나 욕하는 사람에게는 아주 따끔하게 질책하셨습니다.

"당신이 무얼 안다고 나도 가만있는데, 말하지들 마세요."

제가 기죽지 않고 살아온 이유입니다.

스승님이 가시고 내가 스승 자리에 앉아있습니다. 스승님의 고충이셨던 것이 지금의 제 고충이기도 합니다. 스승님께서 계획했던 것은 많이 이루셨고, 미진한 것은 이제 제가 해야 할 일입니다.

부처님의 계획은 무엇일까요?

일체중생을 제도하여 모두 성불하게끔 하는 것이겠지요. 사바세계를 불국토로, 번뇌 망상을 해탈과 열반으로, 한도 끝도 없는 윤회의 고리를 끊고서 두꺼운 업장을 모두 녹여내어 고해의 중생에서 보살과 부처의 세계로 이끄시는 겁니다. 승보는 매우 곤란하고 어려운 과정에 중생의 사표이어야 하고 인례사 역할을 해야 합니다.

오래전 법주사 선원에서 석봉 스님과 같이 산 적이 있습니다. 석봉 스님은 불국사 활안 스님 시봉으로 전부터 소문을 들어 익히 그의 이름은 알고 있었습니다.

석봉 스님은 잠을 조복(調伏) 받은 것으로 수좌들 사이에 이름이 나

있었는데, 사실 나는 믿지 않았습니다. 일주일 용맹정진, 나아가 삼칠일(21일) 용맹정진은 해봤으나 잠을 아주 안 잔다는 것은 인간 능력 밖의 일이라고 여겼기 때문입니다. 체격은 작은 편으로 나만 하고 세속에서는 영어 선생님이었다는 석봉 스님은 말이 없고 늙은 소처럼 느릿느릿 걸었습니다. 바짝 마른 체격에 눈빛은 벽이라도 뚫어낼 듯 형형했습니다. 도량에서 포행 중에 만나면 엷은 미소로 서로 인사를 나누곤 했습니다.

나도 그 시절 잠자는 시간이 아까웠던 처지라 모두 잠든 밤 도량 벤치에서, 법당 앞 계단에서 스쳐 지나기도 했습니다. 또, 가끔은 저이가 정말 자나 안 자나 궁금하기도 하여 관찰 아닌 관찰을 하기도 했는데, 나와 두 철을 살고 나서 내린 결론은 잠을 조복 받은 게 사실이었습니다. 그는 잠을 자지 않았습니다.

하안거 해제를 하고 대중 스님은 모두 만행을 떠났습니다. 석봉 스님과 나 둘만이 남았는데 석봉 스님이 내게 하는 말이

"원상 스님! 피자 좋아해요?"

석봉 스님과는 안 어울리는 멘트였습니다.

"아! 예. 그렇지요."

얼결에 전 대답했습니다.

그날 스님은 오랜만에 시중에 나가 재료를 준비해서 내게 피자를 해주었습니다. 아주 맛있던 기억은 없습니다. 피자를 손수 만들었다는 것이 중요한 일이지요.

두 철을 살면서 말은 몇 번 섞지 않았으나 서로 간 존경심은 있었던 듯합니다.

'강렬한 것은 짧아야만 할까요.'

석봉 스님에게 미역국이라도 한번 끓여드리고 싶은데 그럴 수 없는 것이 안타깝습니다.

'백척간두 진일보(百尺竿頭 進一步)'

아주 높은 벼랑 끝에서 믿음과 정진력으로 한 발자국 앞으로 나가야 하는데, 목숨을 걸지 않고서는 불가능하지요. 나도 정진하는 사람

이지만, 수행을 열심히 하는 스님을 보면 차가운 얼음물에 세수한 듯 정신이 차려지고 나를 다시 돌아봅니다.

"진정한 수행자를 존경합니다."

부처님의 금언(金言)을 현실에 내놓아 대중과 함께하고 부처님의 말씀을 몸으로 확인하는 스님, 또 그러함을 세월에 단절되지 않게 끊임없이 자기 성찰과 함께 이어나가는 스님들! 나는 나와 함께 수행자의 길을 걸었던 스님들을 존경합니다.

또 지금 나와 같이 후미진 곳에서 약자와 함께하는 도반 스님들을 존경합니다. 스님이 무거우면 부처님 법이 무겁고, 스님이 가벼우면 부처님 법이 가볍다 하였습니다. 나는 오늘도 내일도 모레도 아주 먼 훗날에도 승보에 귀의합니다. 그것이 나의 미래임을 알기 때문입니다.

귀의삼보 하오며, 귀의삼보(歸依三寶) 하옵니다.

문자를 세우지 않는다 不立文字

큰절 입구에 서 있는 일주문에는 이런 글귀가 씌어있습니다.

"입차문래 막존지해(入此門內 莫存知解)."

문안에 들어오는 이는 알음알이를 갖지 말라는 뜻입니다.

저는 일찍 참선에 마음을 둔 사람인데, 하루는 심심도 하여 책을 보고 있었습니다. 오래전 도반이 제 처소에 와서 함께 지냈는데 내가 맥가이버라고 부르는 스님이었습니다. 이 스님은 기능올림픽 금메달리스트로서 정말 못 하는 것이 없는 만능이었습니다. 도반 스님이 대뜸 하시는 말씀이 '원상 스님, 책을 이제 그만 볼 때가 되지 않았습니까?'라고 하시었습니다.

저는 갑자기 뒤통수를 나무 방망이에 맞는 듯했습니다. 조금은 부끄럽고, 한편으로는 이 스님이 '나를 너무 과대평가하는구나'라는 생각이 들었습니다. 하여튼 그날 이후, 한동안 심심풀이로도 책은 멀리

하였습니다. 책을 보지 않으니, 단조로운 일상이었습니다. 예불하고, 밥 짓고, 공양하고, 설거지하고, 나무 한 짐 하며 얼마 안 되는 채소밭 가꾸고 매일 같은 일상입니다.

그렇게 살아보니 잠 시간에 신간이 편한 것은 있으나 화두가 생각처럼 여일하지 않았습니다. 문자를 세우지 않는다는 말은 자신의 아상과 아집을 바탕으로 내는 사사로운 견해나 논리를 경계하는 말일진대, 청정한 자신의 성품에서 비롯된 것이 아닌 것은 시비와 분별에 휘말리기가 쉽기 때문일 것입니다. 자기 생각이 맞다는 것에 그치지 않고 누군가는 틀렸다는 분별에 들어 쟁의 들기가 십상인 이유입니다.

불교적 불립문자는 책을 보거나 학문하지 말라는 이야기가 아니라, 지식을 아상이나 아만을 키우는 데 사용하지 말라는 데 의미가 있다고 생각합니다. 소가 물을 마시면 우유를 만들고 뱀이 마시면 독을 만든다는 말이 있는데 이치가 그러하다는 것입니다.

나는 박원순 서울시장을 두 번 만난 적이 있습니다. 세상 진지하고 수줍음도 많이 타는 분이라는 인상을 받았습니다.

자신의 잘못을 하나뿐인 목숨으로 사죄하였는데, 거기에 이념의 잣대를 대어 옳다, 그르다 하는 것은 세상의 예의가 아닙니다. 인간은 그렇게 완벽한 종족이 아닙니다. 도스토옙스키의 《죄와 벌》이 있는데, 그 제목을 말로 푼다면 이럴 수도 있습니다.

'인간은 죄를 안 지을 수 없는 운명을 타고나는데, 불행하게도 벌도 피할 수 없다'

이념은 사랑과 연민을 전제로 하여야 가치가 있습니다. 그렇지 않으면 결국 굴레이고 자승자박 꼴이 되고 맙니다. 이 시대가 배워야 할 하나의 단어가 있다면 저는 불립문자라 하겠습니다.

오직 마음 唯心

조선을 개국한 이성계와 그의 왕사였던 무학대사와의 어떤 대화입니다. 왕이었던 이성계가 먼저 무학대사에게 한 말씀하십니다.

"큰스님! 오늘은 왕과 스님을 떠나서, 다 내려놓고 시원하게 농담 한번 하시면 어떻겠습니까?"

무학대사께서

"좋습니다. 그러시면 대왕께서 먼저 하시지요."

왕이 먼저 시작합니다.

"스님은 얼굴이 넓적하고, 코도 돼지코인 것이 꼭 돼지를 닮았습니다그려."

무학대사가 왕의 모욕적 농담에 한 말씀 대꾸를 하는 것이

"왕께서는 금색 옷에 훤하신 용안이 그냥 그대로 법당의 부처님이

십니다."

왕께서 당황하시는 기색으로

"아! 큰스님! 같이 농담 한번 하자 해놓고 그렇게 말씀하시면 어떡하십니까?

무학대사께서 대꾸하셨습니다.

"왕이시여 돼지 눈에는 돼지만 보이고 부처 눈에는 부처만 보이는 법입니다."

세상사 마음먹기에 달렸다,라 하며 일체법도 마음이 만들어 놓은 조화라 하지요. 오고 감이 마음이요, 앉고 누움도 마음이라 하지요. 희노애락이 하나의 망상이요, 생로병사도 마음의 계절이라 할 것입니다.

들으면 알 것도 같으나, 죽을 때까지 알 수 없는 것이 또한 내 마음이기도 합니다. 우리 자신의 눈은 결코 자신의 눈으로 볼 수가 없습니다. 눈은 자신의 눈을 볼 수 없기에 거울을 통해 봅니다. 거울은 방편이요, 팔만대장경이 모두 방편이라 할 것입니다.

한 생각 열면 통하는 것이요, 한 생각 닿으면 불편하고 섭섭함입니다. 내 마음에 속고, 마음 한번 잘못 써 갖은 고초를 겪기도 합니다. 내 마음 나도 모른다는 말은 솔직한 자기 고백입니다. 팔만사천 번뇌가 있고 여러 가지 복잡한 일이 있다 하여도 결국 답은 한 가지로 돌아갑니다.

"어렵고 힘들수록 우리의 마음을 조심해야 합니다."

세상사 마음먹기에 달렸습니다.

문밖을 나서지 않아도 천하를 알 수 있다

노자 도덕경에 '문밖을 나서지 않아도 천하를 알 수 있다(不出戶 知天下).'라는 말이 있습니다. 누가 말하기를 앉아서 삼천 리요, 일어서면 팔천 리라고 하던데, 내용인즉슨 비슷하면서도 지향하는 바는 아주 다른 이야기인 것 같습니다.

다음 구절은 '창밖을 내다보지 않아도 천도(天道)를 알 수 있다'라고 하였습니다. 낙엽 한 장 떨어지는 것을 보면서 천하에 가을이 오는 것을 알 수 있다고 한 어느 옛 시인의 말이 떠오릅니다.

나는 왜 그런지 젊은 날 가끔 노자의 《도덕경》과 《장자》를 읽고는 하였습니다. 뭐 알고 본 것은 아니고 정말 다른 세상을 호기심으로 뒤져본 듯합니다. 어쩌면 의식의 현실 도피일 수도 있었을 것 같습니다.

"안 하는 것이 장땡이다."

한다는 생각으로 말미암아 자연의 성품에서 벗어나고 자신을 얼마나 고단하게 만드느냐, 등 내 편리하게 읽었던 것 같습니다. 장자에서 나오는 물고기 곤(鯤)이 나는 새 붕(鵬)으로 변하여 하늘을 나는데 한번 날갯짓을 하면 삼천 리를 간다는 데, 혹하지 않을 사람이 어디 있겠습니까? 대붕(大鵬)이 되어 하늘 꼭대기에서 바라본 인간의 삶과 모습들은 어떻겠습니까?

서산대사께서 삼각산에 올라 한양 도성을 내려다보니 개미처럼 작은 것이 성냥갑 같은 집에서 얼마 살지도 못하면서 서로 옳으니 그르니, 길으니 짧으니 하는 모습을 보면서 혀를 차는 무상 시 한 편을 쓰셨지요. 그 글이 어느 유생의 모함으로 인하여 선조에게 크게 애를 먹은 일이 있는데, 우리야 거기까지 갈 일이야 아니겠지만, 간이 붓기로 이만한 것도 없었습니다. 너희가 대붕의 뜻을 알아? 하면서 말입니다.

문밖을 나서지 않는다는 말을 다시 새겨 본다면, 눈동냥 귀동냥하며 여기저기를 기웃거려 보았자, 그것이 이익이 적고 자기 자신을 살핌만 못하다는 말과 일맥 할 것입니다.

동양학에서는 사람 하나를 작은 우주, 소(小)우주라고 합니다. 나라고 하는 작은 우주를 안에서 밖으로 살펴보면 큰 우주는 소우주 확대의 모습일 테니 어렵지 않게 천하의 도(道)와 이치를 알 수 있다는 말이겠지요. 굳이 남의 지식을 쫓아다녀 정작 자신의 지혜를 흙으로 덮는 어리석음을 경계하는 말일 것입니다.

　유교(儒教)의 큰 줄기가 인의예지(仁義禮智)의 수양(修養)이라 한다면, 노자는 '그것을 솔직히 말하면 자연의 도에서 멀어지고 형식논리에 떨어지며 위선이 되기 쉽지 않겠느냐'라고 경계하는 것 같습니다.

　좋은 마음으로 형식이라는 틀을 만들었을 텐데, 시간이 지나면서 좋은 마음은 간데없고 형식만 남아서 인간을 그 틀에 욱여넣고 재단하려는 어리석음을 말함입니다. 종교도 그렇고 사상, 문화, 철학, 이념도 모두 그런 씨앗을 갖고 있으며 그런 우를 범하지 않은 사례를 찾아보기가 힘들 정도입니다.

　가야산 성철 방장스님께서 후학들에게 자주 하신 말씀이 세 가지를 경계하라 하셨는데 첫째는 책 많이 보지 마라. 둘째는 돌아다니지 마라. 세 번째는 많이 먹지 말라 하셨습니다. 나는 이 재단 같은 경계로 나를 비춘다면 나는 이 셋을 모두 충족하는 것이 하나도 없는 것 같습니다.

　어릴 적에는 이 말씀에 크게 공감한 바도 있습니다마는 이제는 하니, 안 하느냐에 너무 매일 필요야 있겠느냐,라는 생각이 지배적입니다. 아마도 무엇에도 과도하게 구속당하고 싶지 않은가 봅니다. 그러나 이 세 가지 경계에 대해서는 심정적으로 공감하는 바입니다.

　"그래도 내 일은 아닙니다."

　지금 선원이 있는 산 중 사찰은 동안거 결제 중입니다. 결제하면서 대중의 첫 번째 약속이 결제 중에는 산문을 나가지 않는 것입니다. 세속에 잡다한 시비분별에서 벗어나기 위함도 있겠지만, 결국 자기 자신에 몰입할 수 있는 환경을 만들어 놓는 것입니다.

화두하는 사람은 이런 자기 몰입을 통하여 무간의 자기 형극을 넘어 어느 봄날 둑이 터지는 것처럼 맑은 의식이 가을 하늘처럼 열릴 것을 기대합니다.

언젠가 〈황혼의 사무라이〉라는 일본 영화를 본 적이 있습니다. 시대 배경은 메이지유신 몇 년 전이었으니 지금으로부터 약 백오십여 년 전입니다. 사무라이는 막부시대의 무사이면서 지배계급이었는데, 관청의 일도 보는 공무원 역할도 한 모양입니다. 몇 년 동안 흉작과 기근으로 인해 굶어 죽은 이들을 강물에 떠내려 보내고 흘러가다 아랫마을 강기슭에 와 닿으면 마을 사람은 다시 나무아미타불을 외며 하류로 밀어냅니다. 황혼의 사무라이는 죽으로 연명하는 가난한 삶이었지만, 사무라이로서의 강직한 자부심과 세 자녀의 자애로운 아버지로서 충직한 한 가정의 가장이었습니다. 별명이 황혼의 사무라이입니다. 요즘 말로 하면 황혼이 질 때, 칼퇴근하기에 붙여진 이름입니다.

학당에 다니는 큰딸이 아버지에게 당돌하게 묻습니다.

"아버지! 내가 바느질을 배우니까 옷을 지어 입을 수 있어서 좋은데, 글을 읽으면 무슨 이득이 있나요?"

자식한테는 한없이 인자한 아버지는 눈을 감고 잠시 생각하는 듯합니다.

"글을 배우면 생각할 힘을 기르는 것과 같은 것이란다."

아버지는 딸아이가 읽는 논어의 학이(學而)편을 같이 읽습니다.

나도 가만히 눈을 감고 생각해 봅니다. 참으로 맞는 이야기입니다. 지금 한 생각이 지금의 자기 자신입니다.

나는 그전에 캄보디아의 킬링필드나 히틀러와 나치의 무리가 유대인에게 홀로코스트를 행했던 사람들이 정말 천하의 악인이어서 그런 만행을 저질렀던가요. 우리나라의 6·25 전쟁 중 피 터지는 동족끼리 살상의 비극도 마찬가지입니다. 아닙니다. 그들은 너무나 생각 없이 순전했을 뿐입니다. 생각하지 않았습니다. 몇 사람의 선동가와 자신의 상급자 지시에 따라 인간 이성, 생각이라는 것은 접어둔 채로 한 조직의 부속물이었고 집행자였던 것입니다.

누군가 말합니다.

"인간 내면의 악이라는 악을 다 끌어모아도 생각 없이 행하는 악만큼은 되지 않는다."

우리의 생각은 자기 자신을 영위하면서 또한 자신을 통제하는 기능이 있습니다. 또한, 자기 자신을 설계하고, 사회를 설계하고, 세상을 설계하는 힘이 있습니다.

선가에 사교입선(捨教入禪)이라는 말이 있습니다. 말 그대로 한다면

교(敎)를 버리고 선에 든다는 말인데 여기에는 전제가 하나 있습니다. 부처님의 일대시교를 모두 보고 나서 교를 내려놓는 것입니다. 가진 것이 없는 사람이 어찌 내려놓을 수 있겠습니까? 내려놓는다는 말은 집착과 교만에 떨어지지 않겠다는 자기 결심일 것입니다. 참선하는 사람이라고 해서 교(敎)를 무시해서는 안 되는 이유입니다.

수학 문제를 푸는 데 있어서 공식을 외우지 않고서는 문제를 풀 수 없듯이 수많은 이들이 이뤄낸 학문적 업적을 깎아내려서는 안 됩니다. 불출호 지천하(不出戶 知天下)는 홍수 같은 지식 사회에서 무한허공을 가르는 대붕의 자유와 보석 같은 지혜를 꿈꿨던 노자의 기로 설정이 아니었을까 생각합니다.

나이 숫자만큼 시속이 배가 되는 시간(時間)

      나는 선원 첫 철을 전라남도 승주에 있는 송광사에서 보냈습니다. 송광사는 고려 때, 16 국사를 배출하여 승보사찰입니다. 부처님 진신사리를 모신 불보사찰 영축산 통도사와 팔만대장경을 앉고 있는 가야산 해인사와 함께 불법승 삼보의 삼보사찰 중 하나입니다. 듣기로 예전에는 낙락장송인 소나무가 좋고 많아서 소나무 송(松) 자를 써서 송광사라 이름하였다 합니다.

  선원에서 첫 철이 중요하다 하는데, 그만큼 어렵다는 뜻이지요.

  선원 큰 방에 큼직한 괘종시계가 있습니다. 나는 시계에 처음부터 불만이 생겼습니다. 시간(時間)마다 괘종소리에 맞춰 입승 스님이 방선 죽비를 치는데, 이 시계는 오 분 전에 똑딱 하고, 이분 남겨놓고 다시 한번 똑딱 합니다. 좌선한 다리는 저리다 못해 피가 통하지 않고, 어깻죽지는 맷돌 하나 올려놓은 것처럼 무게가 천근만근입니다. 한

송광사 전경

시간 잘 참다가 방선 오 분 전의 똑딱 소리에 그때부터 시간이라는 것이 가지 않았지요.

조용한 선방에서 이 악물고 참다가 똑딱 소리에 허물어져 체면 불구하고 머리는 살짝 틀고 눈동자는 백사시로 하여 시간을 확인하고 또 확인합니다. 시간이 가지 않습니다. 다시 두 번째 똑딱 소리는 내 심장 소리가 들릴 만큼 혼자서 흥분 도가니입니다. 일각이 여삼추라는 말은 경험자만이 알 수 있는 진솔함입니다. 결제 후, 열흘이 채 되지 않아서 나와 처지가 비슷한 스님과 도모하여 시계를 바꾸었습니다.

시간은 다분히 주관적입니다.

주위 환경과 자신의 형편에 따라서 끝날 것 같지 않은 악몽일 수도 있고, 봄날 꿈같이 달달하여 너무나 아쉬울 수도 있습니다. 어쩌면 시간은 존재하지 않는 것입니다. 저마다 스스로 변해갈 뿐이지요. 계절의 변화는 시간을 말하지 않지요. 인간이 거기에 맞춰 날짜도 만들고 시간도 쪼갠 것이지요. 시간이 있다, 없다는 것으로 양분하는데 나는 없다는 부분을 인정합니다.

일체유심조입니다.

요즘 유독 시간이 너무 빨리 간다는 이야기를 많이 듣지요. 저 또한 그러합니다. 나이 숫자만큼 시속이 배가한다지요. 사십 대는 80km로 오십 대는 100km, 육 칠십 대는 그만큼 시속이 배가한다고 하던데 일견 맞는 것 같기도 합니다. 불경에는 극락세계에서 수명이 늘어 팔만사천 살까지 산다고 합니다.

근자에 본 미국 SF영화에서는 아들이 오만 살인데 돌아가신 어머니가 삼만 살 즈음에 돌아가셔서 그렇게 일찍 돌아가셨다고 슬퍼하는 장면이 나옵니다. 내 인생을 가만 돌아보면 백일몽과 다르지 않습니다. 백 살을 살아도 천 살을 살아도 그와 다르지 않을 것입니다.

어느 선사의 말씀이 더욱 뜨거워지는 쾌속의 하루입니다.

"주인으로 살아라."

탐욕과 성냄 그리고 어리석음 貪·瞋·痴

오래전 나는 세상 뉴스와는 별 상관없이 살았습니다. 나의 환경이 그러했습니다. 그러다 어느 날 아홉 시 뉴스를 보았는데, 세상이 참 요지경입니다. 뉴스 한 프로를 다 보고 나서 가만히 생각해보니 탐·진·치(貪·瞋·痴) 세 가지로 요약할 수 있겠더군요. 세상에는 미담이나 덕스러운 일이 많을 터인데 굳이 이런 이야기를 전하는 방송국에서도 어떤 생각이나 이유가 있기는 하겠지요.

불교에서는 생명 있는 모든 것은 궁극에는 모두 부처가 되고, 보살이 될 것으로 생각합니다. 그만큼 생명이라는 것은 절대적 가치이며 완전성을 지닌 존귀한 존재입니다. 중생이라는 것은 그런 절대적 가치를 훼손했거나 아직 미완의 완성일 것입니다.

어느 해 마음을 새로 다 잡으려고 절하며 기도한 적이 있었습니다. 말없이 가만히 내려다보시는 부처님을 향하여 하염없이 절했습니다.

절을 오래 하다 보니 절은 자연적으로 지나온 나의 삶에 대한 참회의 절이 되더군요. 그러고도 절을 하고 또 하다 보니 그 참회의 절은 세 가지로 단순화했는데, 탐욕과 성냄 어리석음으로 귀결되더군요.

우리는 욕심을 탐욕이라고 하지는 않습니다. 욕심은 어떤 일을 하기 위하여 동기부여이자, 원동력이라 할 수 있습니다. 인간은 욕망으로 만들어지고 그 욕망으로 인하여 자신과 가족을 번성케 할 수 있지요.

탐욕은 누군가에게 해를 끼치는 일이며, 부처님의 가르침은 인간으로서 본성 같은 욕심에 바른 방향성을 일러주시는 것이 다르다 할 것입니다. 크게 말하면 원력도 될 수 있는 것이 욕심의 속성이기도 합니다. 시쳇말로 한 끗 차이입니다.

요즘 뉴스를 보기가 겁나고 화가 나서 되도록 외면하려합니다. 도대체 누구를 위한 정치이고, 누구를 위한 전쟁인지 알 수 없습니다. 많은 사람이 굶주림과 추위에 내몰리며 누가 왜 쏘았는지도 모르는 총탄에 희생되어야 하는지, 탐욕스럽고 무분별한 어리석은 만행을 저지르는 한 줌도 안 되는 인간의 판단에 의해 역사가 이런 일이 수없이 반복되는지요.

역사는 인성의 기록이고, 본성의 발현이라 한다면 본성은 수정이나 교정이 안 되는, 배추밭에 배추가 자라면 여지없이 나타나는 배추벌레 같은 것인지 모르겠습니다. 누군가의 인자한 아버지이고 사랑스러운 자식이 전쟁터에서 포탄 한 발의 가치로 소모하는데, 전쟁터 밖에서 누군가는 계산기를 두드리는 인정 없는 지도자에게 엄중한 인과에 사실을 이야기하면 조금이나마 들어줄까요.

이 세상의 어둠과 무자비와 폭력을 접하면서 내 안의 탐욕과 성냄과 어리석음을 먼저 참회합니다.

불교란 무엇인가?

불교란 이천오백여 년 전 인도의 북서쪽 히말라야가 보이는 카필라국의 왕자로 태어나신 고타마 싯다르타. 육 년의 고행 끝에 대각(大覺, 크나큰 깨달음)을 성취하시고 열반에 드실 때까지 중생들을 위하여 설법하신 가르침을 이릅니다.

그 가르침은 광대무변하여 '이것이 불교다'라고 한마디로 말하기는 어려울 것입니다. 장님이 코끼리를 만지는 것처럼 하나의 부분에 천착하는 우를 벗어나기는 쉽지 않지요.

불교는 불법승(佛法僧) 삼보를 기반으로 시작합니다. 교주이신 석가모니 부처님과 부처님께서 깨달은 법과 불법을 이어가는 스님을 말합니다. 이것은 교단 성립을 의미합니다. 부처란 말도 진리를 깨달은 성자를 의미합니다.

불교를 마음의 종교라 하며, 말씀을 안심(安心)법문이라고 합니다.

진리를 헤아리고 깨우쳐 마음이 편안해진다는 말씀이지요. 그러기 위해서는 현실을 직시하는 것이 우선일 겁니다.

그 현실은 '인생은 고해다'라고 설파하신 것처럼 인생을 사고(四苦)와 팔고(八苦)로 보시었습니다. 사고는 생로병사(生老病死)입니다. 나고, 늙고, 병 들고, 죽는 현상은 누구도 벗어날 수 없는 현실입니다. 나머지 사고(四苦)는 구하나 다 얻지 못하는 것이 고(苦)요, 사랑하는 이는 필연의 이별이 고(苦)요, 미운 마음 일어나는 것이 고(苦)요, 치성한 정신과 육체도 고(苦)라고 말씀하십니다.

앞의 사고는 생명의 현상이고, 뒤의 사고는 '갈애의 결과'일 것입니다. 인생은 고해다라는 말에 천착하면 불교를 염세주의나 허무주의로 볼 수 있습니다만 고의 원인을 갈애에서 찾고 갈애를 없애는 방법과 열반에 이르는 길을 일러 주셨습니다. 고에 대한 극복의 종교인 것입니다. 그 과정이 고집멸도 사성제(四聖諦)입니다.

사성제는 네 가지 성스러운 진리를 이릅니다.

우리가 아는 체념에는 두 가지 뜻이 있습니다. 첫 번째의 체념은 해도 안 될 것이라고 미리 판단해버리는 체념입니다. 두 번째의 체념은 사성제(四聖諦)의 제입니다. 제라고 읽는데 한자로는 체(諦)라고도 합니다. 진리라는 뜻이지요. 사고와 팔고의 원인과 결과를 이해한다는 말입니다. 진리를 이해하는 것을 순리(順理)라고 합니다. 진리를 살펴 순리에 따른다는 뜻이 체념인 것입니다.

부처님께서는 보리수 나무 아래에서 정각을 이루시고 두 가지 미묘한 감정에 이르신 것이지요. 한 가지는 하늘 위 하늘 아래 자신과 같은 경계에 대하여 말할 수 있는 사람이 없다는 홀로된 고독감이요, 이와 같은 어려운 정각을 말하여 본들 누가 알아들을 것이냐 라는 현실적 어려움이었지요.

일주일 간의 깊은 삼매에서 결국 부처님께서는 대자대비의 자비심을 발현하십니다. 나는 좋은 의사와 같다. 이 약을 먹고 안 먹고는 아픈 환자의 의지에 달려 있음이다. 부처님께서는 이 크나큰 지혜와 자비로서 입멸의 순간까지 중생을 위하여 자비설법을 멈추지 않으셨습니다.

부처님께서 중생계에 오신 최대의 가치는 아집과 법집에서 벗어나 분별과 차별을 넘으신 것일 겁니다. 부처님의 가르침이 있기 전에는 창조의 신, 주재신 등 신들의 세계였습니다. 신에 대하여 모든 것은 피조물이고 종속된 주종의 관계였습니다.

이 모습은 현실세계에 있어서도 똑같이 투영했습니다. 계급의 성립이지요. 힌두교에서 사성계급(카스트)이 그렇고 봉건 영주시대의 계급도 그러하며 작금의 자본주의 시대에도 여전히 계급이 그렇습니다. 계급이라는 말은 차별이라는 뜻과 동의어입니다.

생명 있는 모든 것은 똑같이 평등하다. 천상천하 유아독존의 뜻입니다. 무차별 평등! 부처님께서 꿈꾸었던 세계는 차별받지 않는 모든 이의 안락과 평화였습니다.

삼법인(三法印).

절에 가면 대웅전이나 요사채 건물 옆면 쪽으로 기하학적인 표식이 있는데 큰 동그라미 안에 작은 동그라미 세 개가 세모꼴로 그려져 있습니다. 대한불교 조계종 로고이기도 합니다. 이 표식이 삼법인을 뜻하지요. 풀어서 이야기하면 '세 가지 법의 도장 맡음'이라고 할까요?

불교는 철학의 종교이고, 진리의 종교이고, 무엇보다도 중생을 위한 종교입니다.

부처님께서는 법문하실 때 항시 '눈 있는 자 보아라, 귀 있는 자 들어라! 듣고 보아 나의 말이 옳다고 생각한다면 행하여 증득하라!'라고 하셨습니다.

첫 번째, 제행무상(諸行無常)입니다.

모든 것은 변화한다는 뜻입니다. 식물이고 동물이고 생명이 있거나 없거나 할 것 없이 모양 있는 것은 무상(無常)의 법칙에서 벗어나는 것은 없습니다. 모든 것에 해당하여서인지 너무나 당연해서인지 우리는 무상에 대하여 무심(無心)합니다. 그러다 인생을 돌아볼 나이가 되어서야, '아! 인생이 한 순간이구나'라고 하기도 하고, 가까운 사람의 죽음을 통하여 무상의 섬뜩함을 느끼기도 합니다.

세월 앞에 모든 것은 유한한 존재입니다. 아마도 종교라는 것은 유한(有限)한 존재인 사람이 무한(無限)한 세계를 만들어 낸 창작물이라 볼 수 있지 않을까요. 제행무상이라는 진리를 말씀함은 집착과 아집을 깰 수 있는 푸른 날의 도끼 같은 것입니다. 스스로 알아차릴 때 말입니다.

두 번째, 제법무아(諸法無我)입니다.

어려운 이야기입니다. 모든 것은 스스로의 고정된 실체가 없다는 것입니다. 불교가 참으로 불교다울 수 있는 말씀이 여기 있다고 필자는 생각합니다. 누구나 자신은 자기 자신이라고 확신하며 살고 있습니다. 그러다가 '나는 누구일까?'라고 자신에 관해 질문하다보면 결국 알 수 없음에 닿습니다. 과연 육체가 내가 아닐까 생각하다가도 이 육신은 부모님의 인연과 공덕으로 낳고 먹여 기른 물질의 집합체임을 압니다. 음식이라는 물질의 공급을 끊으면 육체는 금방 사라질 신기루와 다르지 않습니다.

정신이라는 것은 그 육체 위에 지어진 집이라고 할까요. 지금 나라고 할 만한 지식이나 교양, 지혜, 기억과 같은 것도, 태어나 끊임없이 배우고 익힌 총체적인 결과물이 아닐까요? 석가모니 부처님으로 우리의 시선을 돌린다면 부처님께서는 목숨을 건 수행과 정진을 통하여 자신의 껍데기란 껍데기는 모두 벗어버리고 나서야 참된 자기 자신을 만났습니다. 지금 나라고 생각하며 애지중지하는 나라는 것이 사실은 언제가 벗어 던질 옷 한 벌에 불과 하다는 것입니다.

밭에 백일홍을 심었습니다. 겹겹의 꽃잎이 촘촘한 붉은 핏빛 송이 꽃이 내 주먹만큼 피어났습니다. 봄에 밭을 갈고, 거름을 주고 다시 밭을 두 번 더 갈고 나서야 씨를 뿌렸습니다. 처음에는 물을 주며 기르다 그 후로는 자연에 맡겼습니다. 해를 맞이하고 바람과 비를 맞으며 밤과 낮을 기다리며 스스로 자라났습니다. 한 두어 번 김도 매주었습니다.

저 예쁜 꽃이 혼자 피어난 것이 아닙니다. 누구 말대로 우주적인 협조가 있었던 것입니다. 더해도 덜해도 꽃은 피어나지 않았을 겁니다. 백일홍 꽃이 피어남이나 우리의 삶도 다르지 않고 이 세계도 다르지 않습니다. 질서 있는 관계의 총화가 만들어낸 결과물이 내 자신이기도 하고 나도 그런 질서를 만들어내고 있는 하나의 부분이기도 합니다.

우리는 서로가 서로에게 부분이기도하고 전부이기도 한 것입니다. 고정된 실체가 없다는 것은 서로가 서로에게 의지하며 건강한 관계를 유지해야 생명과 문명이라는 기적을 만들어 낼 수 있다는 역설인 것입니다.

세 번째, 불교가 지향하는 마지막 종착지를 열반적정(涅槃寂靜)이라고 합니다. 부처님께서 끝내 이루신 아뇩다라 삼먁삼보리가 이를 두고 하신 말씀일 것입니다.

열반에는 유여열반(有餘涅槃)과 무여열반(無餘涅槃)이 있는데 정신은 열반의 경계에 있어도 업의 덩어리(몸뚱아리)가 있느냐, 없느냐에 따라 나누어집니다. 육신이 근사한 것 같지만 한 평생 짊어진 짐과 같은 것입니다.

열반에는 네 가지 덕이 있다 합니다. 상락아정(常樂我淨)이 그것입니다. 먼저 상(常)입니다. 사바세계는 무상의 세계인 반면 열반을 얻은 이는 항상 함이 있다는 것이요. 락(樂)은 이 세상이 고해인 반면 열반은 변치 않는 즐거움이 있지요. 아(我)는 무아를 극복한 경지의 참 나를 말함입니다. 정(淨)은 허공처럼 물들래야 물들 수 없는 깨끗함을 말함입니다.

제행무상과 제법무아를 이 세상의 이치, 우주의 섭리라고 한다면 열반적정은 이러한 이치와 섭리를 모두 체득한 대자유인의 경계라고 말 할 수 있을 것 같습니다.

3장.
물 같이 바람 같이
살다 가라 하네

한 맛으로 평등하다 —味平等

요즘 TV를 보면 반려견을 다루는 방송이 많습니다. 방송을 보면 반려견의 잘못된 습관을 고치는 내용이 많습니다. 그중에 개 주인과 개의 서열이 잘 못되어 사육사와 개 사이에 전쟁과 같은 혈투가 벌어지기도 합니다.

시청하다가 가끔은 욱하고 올라오는 것이 있는데, 나보다 더 답답한 사람은 반려견을 기르는 사람이거니 생각하고 가라앉힙니다.

인류 문명사를 보면 역사는 꾸준히 또는 획기적으로 발전해왔습니다. 그중, 가장 중요한 하나는 평등이라고 할 것입니다. 그 내용에는 계급의 평등이 있을 것이고, 남녀의 평등, 노소의 평등, 인종의 평등과 지역의 차별, 학벌의 차별 등 무수한 차별이 평등으로 나아가는 것이 문명 발전이라고 나는 생각합니다. 그러기에 고도화한 문명은 많은 종교와 사상 문화가 서로 존중빋으며 혼재할 수 있는 문화여야 할 것입니다.

이상은 사회적 현상변화이고, 내 안의 평등은 상대를 존중하는 마음에서부터 시작합니다. 다름과 다양성을 인정하고 보듬어 줄 수 있는 마음, 나의 가치와 타자의 가치가 상충하는 것이 아니라 상생할 수 있다는 믿음에서부터 출발합니다.

이 시대는 인권뿐만 아니라 동물의 권리까지 생각하는 시대가 도래했습니다. 평등에 관한 의식 확장이라고 볼 수 있지요. 높은 산, 정상에서 흘러내리는 물이나 논을 가득 채우고 넘쳐흐르는 물이나, 세상의 물이란 물은 결국 강을 이루고 바다를 향하여 달려갑니다.

세상에 모든 물은 바다에 귀환하여 그 맛은 한 맛입니다.

오래전에는 자기 민족만 우월한 줄 알았고 기득권자는 자기만의 리그, 자기만의 평등이었습니다. 소위 상대적 분별심에서 나온 착각이었습니다. 우리 의식에 막아선 차별과 분별이 무너지면서 생명 있는 모든 것은 한 맛으로 평등하다는 고차원에 다다르고 있습니다.

분별을 넘고 차별을 넘어 무차별 평등만이 내가 살 길이고, 우리가 살길이며 지구가 살길이라고 생각합니다. 모든 생명은 한 맛으로 평등합니다.

동행이 아름답습니다

어릴 적 가장 좋아했던 영화배우는 스티브 맥퀸과 제임스 코반이었습니다.

그중 스티브 맥퀸은 「대탈주」라는 영화에서 오토바이로 탈주하다 끝내는 독일군에게 잡히는 장면이 나옵니다. 자유를 향한 질주라고 할까요? 자신을 조금도 엄폐할 수 없는 황량한 벌판에서 가시철망의 국경 사이에서 요란한 굉음을 내는 오토바이 하나로 탈출을 시도하다 결국 잡히고 말지요.

또, 하나는 「빠삐용」이라는 영화에서 스티브 맥퀸과 더스틴 호프만과 열연을 펼쳤는데, 여기서도 섬에 갇힌 유형자 신세에서 확률 없는 탈출을 거듭 시도합니다. 탈출을 시도하다 잡히면 견디기 힘든 형벌이 기다리고 있음을 알면서도 주저하지 않고 도전합니다.

더스틴 호프만도 늙고, 스티브 맥퀸(빠삐용)도 이제는 늙어서 허리도 굽고 이빨도 많이 빠졌습니다. 빠삐용은 섬의 절벽에서 파도를 유심히 관찰하며 실험을 계속하다 여덟 번째 파도는 멀리 바다 쪽으로 되돌아가는 것을 확인합니다. 오랜 친구인 더스틴 호프만은 안정된 구속을 선택하였고, 빠삐용은 죽음과 같이 서 있는 자유를 선택하였습니다. 엄청난 높이의 절벽이고 깊이를 알 수 없는 바다에 과감히 몸을 던집니다.

저는 호주에 있는 그 절벽에 가 본 적이 있습니다. 그 순간 나의 머릿속에 영화에서 보았던 파노라마가 펼쳐지고 푸른 바다색 감동이 일렁이었습니다.

베르나르 베르베르가 쓴 소설《빠삐용》이 있습니다. 지구는 인간의 끝없는 욕심과 배타심으로 결국 파국을 향해 달려갑니다. 웬만한 국가를 살 만한 부자 A가 지구를 떠나 다른 행성을 찾아가기 위하여 우주선을 만듭니다.

우주선은 인류의 모든 지식을 기록한 장치와 씨앗의 수많은 DNA를 저장한 채 날아갑니다. 탑승한 사람의 숫자는 144,000명입니다. 어쩌면 선택받은 이들일 수 있고, 미지에 길을 떠나는 개척자일 수 있습니다. 베르베르는 성경에서 144,000명이라는 숫자를 아마도 따 왔을 겁니다. 모든 것이 순조로웠으나 인간의 소유욕과 배타성 어리석음으로 파괴를 일삼으며 삼대가 흘러갔습니다.

결국, 그들은 원시의 세계로 되돌아갑니다. 아담이라는 남자가 홀로 살아남아 너무 외로운 나머지 자신의 갈비뼈에서 다른 DNA를 추출하여 여인을 만든다는 줄거리입니다. 빠삐용은 나비라는 뜻이지요. 인간의 그칠 줄 모르는 자유에 대한 욕망과 파괴적 본성이 교차하는 인간의 드라마였습니다.

부처님을 사생(四生)의 자부(慈父)입니다. 여기서 사생이란 태(胎), 란(卵), 습(濕), 화(化)를 말하지요.

먼저 '태'는 태어나는 중생 포유류를 말하며, '란'은 알로 태어나는 것, '습'은 물기에서 나는 것, '화'는 그냥 나타나는 것 이를테면 귀신을 예로 들 수 있습니다. 이 사생의 자부란 곧 일체중생의 어버이란 뜻입니다.

어느 한 부족만 선택한다거나, 특정 144,000명만을 선택한다거나 하지 않고 이 세상 돌멩이 하나, 풀 한 포기, 축사에 갇혀 있는 가축도 모두 중생의 범주이고, 일체중생을 구제하려는 분이 부처님이고 보살님입니다.

중생은 유정 무정을 다 포함합니다. 산도 중생이고 강도 중생입니다. 꽃도 중생이고 바위도 중생입니다. 모든 존재는 고귀합니다. 일체중생은 모두 고귀합니다. 하여 차별하거나 이유 없이 고통받아서는 안 됩니다.

부처님의 가르침은 중생주의입니다. 인본주의 휴머니즘이 아닙니다. 휴머니즘이라는 단어는 신본주의에서 발전한 듯하지만, 그 아류의 사상입니다. 인간이 신에게 권능을 위임받았다고 하는 것은 위험한 사고입니다. 인류는 지구상의 한 구성원이고 하나의 구성원으로서 최소한의 질서를 지켜야 합니다.

유대인은 자신들이 하나님 여호와에게 선택받은 민족이라고 합니다. 그 결과 유대인은 하나의 부족으로 남았고, 유대교는 부족의 종교가 되었지요. 스스로 자신들만 선택받은 민족이라 하며 자신의 한계를 긋고 그 속에서 머물러 있습니다. 유대인은 선택받은 민족이라며 스스로 자위하지만, 그 반동으로 이천 년 역사에서 핍박받고 소외되었습니다. 2차세계대전 때는 또 다른 선민의식을 가진 히틀러에게 오백만 명이라는 어마어마한 유대인이 가스실과 기타의 장소에서 무참하게 죽었습니다.

또, 히틀러와 비슷한 생각을 같이한 부류가, 인간의 종에서 게르만이 가장 우성이며 우월하다는 근거 없는 자신감으로 차별하며 독일 국민은 독일 역사에서 가장 불행한 시절을 보내야 했습니다. 열다섯 살 이상 먹은 남자는 모두 전쟁터에 나가야 했고, 여자는 가난에 허덕이며 군수 공장에서 밤낮없이 일해야 했습니다. 과부가 되지 않은 여자가 없고 자식을 잃지 않은 엄마가 없습니다.

몇 소수의 광신자와 선동자 때문에 너무 상식적인 가치가 무너지고, 우리가 지켜야 할 행복의 최소 단위인 가정이 무너져내렸습니다. 가만 돌아보면 너무 가슴 아픈 일이고 답답한 노릇이기도 합니다. 조금만 생각해 보면 그런 이야기는 옳지 않고, 상식적이지 않은 일인데, 그런 집단에 부역하고 이끌림을 당합니다. 인간의 아름다운 욕망인 자유의지는 사라지고 닭장 같은 자유, 말 잘 듣고 순종하며 순응하길 요구합니다. 그들은 인간의 자유의지를 꺾고 자신의 정책과 목표를 위하여 대중을 끊임없이 선동하고 세뇌합니다.

대승불교에 보살 사상이 있습니다.

보살은 절대로 천국에 가지 않습니다. 보살은 중생의 아픔을 자신의 아픔과 같이 생각하기에 중생이 아파하는 곳을 찾아갑니다. 함께 아파하고 연민합니다. 일체중생 중 마지막 한 중생마저 성불하고 안락을 찾았을 때만이 그때, 마지막으로 행복 열차를 타실 분이 보살입니다.

자기가 사는 지역에 조금이라도 불편한 사람이나 불편한 시설이 들어오면 죽기 살기로 현수막 걸어 반대하고, 장애인 학교가 들어오면 집값 내린다 반대하고, 타인의 아픔은 당연하고, 자신은 결코 그런 처지에 빠지지 않을 거라는 믿는 것인지…. 이기적인 것도 급수가 있는데, 이 정도이면 자신만, 자신들만 선택받으려는 사람들과 무엇이 다를 수 있겠습니까?

무엇보다 종교적 신앙은 존중받아야 합니다. 종교적 가르침은 인간의 심성을 평화주의자로 평등주의자로 박애주의자로 만들기에 종교는 아주 몽매한 인간에게 구원의 빛이고 손길이었습니다. 종교는 인류의 희망이어야 합니다.

되지 않는 144,000명이라는 숫자로 혹세무민하여 부모와 자식 간에도 넘지 못할 가시철망 쳐 놓고 자기 자신이 태어나고 자란 사회와도 격리하는 교리는 더는 종교적 교리가 될 수 없습니다.

종교란 으뜸의 가르침입니다. 더불어 잘 사는 것이 으뜸의 가르침입니다. 참기 힘든 고난이 오더라도 희망의 미래를 이야기하고 희생과 봉사를 이야기하여야 하는 것이 종교의 본연의 의무이고 이상이기도 합니다.

대한민국의 지성 '이어령 박사'가 하신 말이 생각납니다.

자신이 성공한 인생이라고 사람들이 말하지만, 사실 자신은 실패한 삶이라고 말합니다. 실패자라 한 이유는 자신에게 동행자가 없다고 하였습니다. 처음에는 동행자인 줄 알았는데, 알고 보니 경쟁자였다는 겁니다. 내가 더 많이 사랑했다면 그들이 동행자와 친구가 될 수 있었을 텐데, 자신의 그림자만 바라보며 달려왔더니 덩그러니 자기 자신만 남았다는 것입니다. 그래서 자신은 실패한 인생이라 말하는 것이었습니다.

종말론을 전제로 포교하는 집단은 종교의 기본적 의무와 이상을 포기한 집단입니다. 이런 기괴한 집단은 올바른 틀과 사고를 견지할 수 없습니다. 종말론은 선택받은 천국을 전제로 합니다. 인간의 이성과 이상 범주를 벗어난 교리는 세뇌를 전제로 합니다. 스피노자가 그

랬던가요? '지구에 마지막 날이 오더라도 자신은 한 그루의 사과나무를 심겠다고….' 이것이 바른 종교적 심성, 건강한 이성이 아닐까요?

일체중생(一切衆生) 실유불성(實有佛性)이라 합니다. 일체중생은 모두 부처의 성품을 가지고 있다는 이야기입니다. 그러니 중생과 부처는 근본에서 다름이 없다 할 것입니다. 부처와 중생은 차별이 없습니다. 모든 중생은 부처님과 똑같이 고귀합니다. 신랑 부처님, 신부 부처님, 아들 부처님, 시어머니 부처님, 꽃 부처님, 강아지 부처님, 돌멩이 부처님….

그래서 옛사람이 말씀하셨습니다. 시방세계 두루 부처님 아니 계신 곳이 없다고요.

일체중생 실유불성입니다.

걱정하지 마라, 그치지 않는 비는 없다

옛날 중국 최고의 문장가이며 시인인 소동파가 어느 고을에 현감으로 부임하였습니다. 동파는 불교에 심취하여 실제로 나름의 수행을 열심히 하는 재가자이기도 하였습니다.

동파는 고을 관리에게 이렇게 물었습니다.

"여보게, 이 고을에 혹시 도인이 살고 있지는 않은가? 혹시 도인이 살고 있다면 한번 만나보고 싶다네"

"도인인지 아닌지는 모르겠지만, 어느 산에 스님이 있는데 큰 나무 꼭대기에 살며 잘 내려오지 않습니다."

이렇게 하여 동파는 관리들을 거느리고 그 스님을 찾아 나섰습니다. 과연 스님은 나무 꼭대기에 앉아 꾸벅꾸벅 졸고 있었습니다. 밑에서 보는 사람이 더 애간장이 타서 동파가 소리쳤습니다.

"스님! 스님! 너무 위험합니다. 어서 내려오세요."

스님이 아래를 내려보며 대꾸합니다.

"나는 괜찮다네, 내가 보기에는 자네가 아주 위험하네."

동파가 대답합니다.

"나는 안전한 땅 위에 서 있고, 스님은 불안하게 나무 꼭대기에 있지 않습니까?"

"자네는 탐욕과 성냄과 어리석음이라는 땅을 밟고 있어 언제든 자네를 태울 수 있다는 사실을 모르겠는가?"

동파는 이제 도인의 말씀을 알아듣습니다. 천하의 동파라고 자부하였지만, 삶의 부침은 누구보다 심하지 않았던가? 세상에 이름날수록 칼날 위고, 벼슬이 높아질수록 질시의 대상이 될 수밖에 없지 않았던가. 동파는 큰 스님의 한마디에 마음이 요동쳤습니다.

"큰 스님, 한 말씀 내려 주십시오."

"악을 짓지 말고, 착한 일을 많이 행하시오. 스스로 뜻을 밝힐 줄 안다면 그것이 부처님의 가르침이요"

이는 제악막작(諸惡莫作) 중선봉행(衆善奉行) 자정기의(自淨其意) 시제불교(是諸佛敎)라는 짧은 이야기로 과거 칠불통계(七佛通戒)라 하는 게송입니다. 이에 동파가 말했습니다.

"큰 스님, 그것은 삼척동자도 다 아는 이야기 아닙니까?"

이에 큰 스님은 말했습니다.

"삼척동자도 알지만, 칠십 노인도 행하기 어려운 일이지요."

세상은 항상 위태롭습니다. 혼자만 잘 산다고 되는 일이 아닙니다. 그리고 흐르는 물과 같아 멈출 수 없고 잡을 길도 없습니다. 어쩌면 흐르는 세월이 가장 위험한데 우리는 잘 모르고 삽니다.

나는 그전에 벼랑 위에 앉아서 참선하고는 했는데, 정신이 한겨울 아침, 차가운 물에 세수한 거 마냥 명징합니다. 그럴 수밖에 없는 것이 자칫 잘못하면 그 순간 황천길입니다. 그야말로 깨어 있고, 깨어 있어야 합니다.

한 세상 살다 보면 신작로도 걷고, 논길도 걷고, 배추밭 길도 걷습니다. 가다가 비도 만나고 눈도 만납니다. 오는 비를 맞지 않을 재간이 없습니다. 그래도 가만히 주위를 둘러보아 찾아보면 비를 가릴 만한 것이 있고, 비 오는 동안 잠시 비 피할 곳이 있을 겁니다. 그도 저도 안 되면 비와 내가 한 몸이 되어 뒹구는 것도 한 방법입니다. 피하려 하니 마음이 바빠 움직이고, 힘들지요.

세상이 시끄럽습니다. 이럴 때일수록 깊게 숨을 들이마시고 호흡을 가라앉히고 앉은 자리에서 가만히 바라보아야 합니다. 시소 같은 인생에 또 하나의 일상일 뿐입니다. 이큐 선사의 말씀이 생각납니다.

"걱정하지 마라, 걱정하지 마라. 어떡하든 된다. 그치지 않는 비는 없다."

되지 못한 종말론이 암처럼 숨어서 커나가다 이 시점에 진짜 큰 암 덩어리가 되었습니다. 내가 알고 있는 최고의 종말론은 이렇습니다.

"내일 당장 지구 종말이 온다고 할지라도, 나는 오늘 한그루의 사과나무를 심겠노라."

믿음, 지혜

사막의 오아시스에 한 베두인이 낙타를 타고 나타났습니다. 낙타에서 내린 베두인은 곧바로 자기 볼일을 보러 갑니다. 이를 지켜본 마호메트는 그 남자에게 말을 합니다.

"낙타를 매어놓아야 하지 않겠습니까?"

이에 그 남자는 아주 씩씩하게 말합니다.

"나는 알라를 믿습니다."

마호메트는 이에 응수합니다.

"낙타를 매어놓은 후에 알라를 믿으세요."

참으로 일리 있는 말이라고 생각합니다. 믿음은 소중한 정신입니다.

옛사람이 말하기를 '믿음은 도의 근원이요. 공덕의 어머니이다'라고 말씀하셨습니다. 사람 간에 만남도 믿음이 없으면 언제든 다툼의 여지가 있고 그런 만남은 오래 갈 수 없습니다. 친구 간에도 믿음이요. 부모와 자식 간에도, 부부지간에도 믿음이 있어야 합니다. 그런데 믿음에 앞서서 있어야 할 것이 있습니다. 건강한 상식입니다.

건강한 상식이라는 것은 누가 들어도 온당한 이야기입니다. 앞서 말한 낙타 이야기는 상식선에서 한 말입니다. 알라를 믿든, 예수를 믿든 할 것은 하고 믿으라는 것입니다. 낙타를 그렇게 내버려 두면 사람이 다칠 수 있고 다른 이의 재물을 손상할 수 있습니다. 믿음에 앞서 건강한 상식이 앞서지 않으면 맹신이 될 수도 있습니다. 자신만의 생각에 빠져 있다는 것은 우려할 만한 사건입니다.

지난 백 년간의 전쟁 중, 95%가 종교 전쟁이었다 합니다. 진리와 사랑을 이야기하는 종교 간에 이토록 치열하게 싸우는 이유가 무엇입니까? 이교도를 죽이고 이단을 죽이고 그래야만 천국에 간다는 말은 대체 어느 곳에 쓰여 있습니까? 종교를 팔아 이용하는 협잡꾼들의 행위가 아닙니까? 예수님이 사람 죽이고 미워하라고 했습니까? 마호메트가 자살 폭탄을 지시했습니까? 이웃에 배고픈 이를 만들지 말라고 너무도 상식적인 말씀 하셨습니다. 배고픈 이웃을 두지 말라는 말씀은 이슬람을 지탱하는 다섯 기둥 중, 하나입니다.

지혜를 전제로 하지 않는 믿음은 칼과 같습니다. 칼이라고 하는 것은 잘 쓰면 그토록 편리한 도구입니다. 칼이 없으면 얼마나 불편하겠습니까. 어떻게 요리하며 무엇으로 베고 자르겠습니까? 그러나 잘못된 생각과 편견을 가진 이에게 칼을 잡아주면, 칼 쥔 이의 주위에 있는 우리는 모두 아주 불편한 상황에 직면하게 될 것입니다.

우리가 민주주의라고 말하는 것은 모든 국민이 주인이라고 하는 것입니다. 봉건 영주 시대에는 왕이 나라의 주인이었습니다. 그 나라의 모든 땅이 왕의 것이었고, 자연히 땅에서 나는 모든 것은 왕의 것이었습니다. 사람도 마찬가지입니다. 모든 사람은 왕에게 신하 된 도리를 다해야 합니다. 그 도리에서 벗어나면 역모이며, 대역 죄인입니다. 지금 너무도 당연한 상식이 평등인데 봉건 영주시대 전제국가에서는 상상할 수 없는 단어입니다. 아주 불온한 단어입니다.

민주주의는 피를 먹고 자란다는 말이 있지요, 지금은 쓰지 않는 말입니다. 그만큼 세상이 밝아졌다고 볼 수 있습니다. 나는 팔십년대에 학교를 다닌 사람입니다. 당시 민주주의라는 단어는 듣기만 해도 피가 뜨거워지고 가슴이 뛰는 단어였습니다.

지금은 아주 당연한 말이지요. 뜨거웠던 피들이 민주주의라는 단어를 일상어로 만들었습니다. 민주주의는 별 이야기가 아닙니다. 상식에 맞게 살자는 가장 기초적인 단어입니다. '국민이 주인이다.'라는 아주 평범한 이야기입니다. '국민이 주인이다.'라는 믿음이 민주주의를 만들고 앞당겨 온 것입니다.

부처님께서 설법하실 때 먼저 하시는 말씀이 있습니다.

"눈 있는 자! 와 보거라. 귀 있는 자! 들어 보아라. 하여 나의 말이 맞는다고 생각하면 믿어라. 그리고 행하여 깨달아 얻어라."

믿음에 앞서 생각하라 하십니다. 여기서 생각은 건강한 상식도 맞을 테고 깊은 사유라고도 할 것입니다. 나는 가끔 스님들에게 이런 이야기를 합니다. 경은 부처님 말씀을 근거로만 이야기하는 사람에게 하는 말입니다. 부처님 이야기 자꾸 하지 말고 자신에게 말씀하세요. 너 자신의 이야기를 해라 왜 남의 이야기를 자꾸만 하느냐, 라고요.

선가에 살불살조(殺佛殺祖)라는 말씀이 있습니다. 부처를 만나면 부처를 죽이고 조사를 만나면 조사를 죽이라는 이야기입니다. 어쩌면 섬뜩한 이야기일 수도 있는데, 이 단어의 낙처는 스스로 주인으로 살라는 말씀입니다. 부처에게도 양보하지 말고 치열하게 깨어 있어야 한다는 말씀입니다. 부처님 말씀은 다름 아닙니다. 나를 바라보고 있는 당신이 부처입니다. 자신 밖에서 찾으면 십만 팔천 리로 멀어진다는 말씀입니다.

십 년 염불이 도로 아미타불이라는 말이 있습니다.

어떤 신심 있는 불자가 서방정토 극락세계에 아미타 부처님이 계신다는 말을 듣고 십 년 동안 서쪽 하늘을 바라보며 나무아미타불을 염송하였습니다. 어떤 선지식이 이 모습을 보고는 그 불자에게 말씀하셨습니다.

"십 년 염불이 도로 아미타불일세. 아미타 부처님은 자네 마음 안에 있음일세."

불교는 신앙이라고 하지 않습니다. 신행이라고 합니다. 우리의 믿음은 그 믿음을 행하였을 때 완성된다는 이야기입니다. 불교는 자리이타(自利利他), 자리와 이타가 동시에 진행되어야 합니다. 상식적이지 않고 자신만의 고집만 부리는 것은 부처님의 가르침이 아닙니다. 부처님 말씀이 위대한 이유는 이천 오백 년이 지났어도 맞는 말씀이라고 무릎을 치는 것, 철저히 상식과 논리와 진리로서 말씀하셨기 때문입니다.

아프리카에 있어도 맞고 대한민국에 있어서도 맞는 것, 천년 전에도 지금에도 맞는 것, 남녀노소와 상관없이 맞는 것 그것이 진리입니다. 어느 때는 맞고 어는 때는 다르다고 한다면 그것은 진리가 아닙니다. 불교에서 마음에 집중하는 것은 여기에 있습니다. 모든 행위의 시작과 끝은 마음에 있습니다. 한 생각이 일어남도 마음이요, 한 생각이 사멸함도 마음입니다. 즉심시불(卽心是佛)이라 했지요. 곧, 마음이 부처라는 말씀입니다.

이야기하다 보니 조금은 딱딱해진 감이 있습니다. 마크 트웨인이라는 미국의 유명한 작가가 이런 말을 했다 합니다.

"천국에는 유머가 없다."

유머는 지금처럼 힘들고 지칠 때, 청량 사이다 같은 것일 겁니다. 요즘 뉴스를 보다 보면 우리 대한민국이 참으로 위대하다는 생각이 듭니다. 놀랍도록 질서 정연한 시민의식과 희생정신이 보석처럼 빛나 보입니다. 자리이타를 실천하는 많은 보살이 있기에 대한민국은 참으로 위대합니다.

작은 유머 하나 적으며 이 글을 마치려 합니다.

'치과 의사가 싫어하는 말은 이가 없으면 잇몸으로 산다.'

'한의사가 싫어하는 말은 밥이 보약이다.'

'의사가 싫어하는 말은 앓느니 죽는다.'

그럼 스님이 싫어하는 말은 '에이 머리 깎고 중이나 될까'인가요.

고해를 건널 수 있는 나룻배

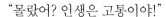

"몰랐어? 인생은 고통이야!"

영화 〈달콤한 인생〉에서 배우 황정민이 이병헌에게 하는 대사입니다. 일찍이 부처님께서도 인생은 고해(苦海)라고 설파하십니다. 고(苦)의 내용은 사고(四苦) 팔고(八苦)라고 하는데 사고는 생로병사로 생명 있는 모든 것은 사고에서 벗어날 수 없는 운명으로 태어납니다. 어떤 복으로도 그 어떤 신통력으로도 해결할 수 없는 숙명입니다.

나머지 사고는 이별의 고, 미운 사람을 만나는 고요, 구하나 다 얻을 수 없는 고, 치성하는 욕망의 고입니다. 이 사고(四苦)는 수행과 절제로 제어할 수 있는 고이기도 합니다.

어쩌면 인생은 위태로운 외줄 타기와 같습니다. 우리의 인생이 그러하기에 세상 또한 위태롭습니다. 내가 아는 지인 중 자주 문자를 보내오는 분이 있는데, 그 문자 내용에는 대체로 자기는 행복하다는 이야기가 주류입니다.

사람은 자신이 가지지 못하는 것을 욕망한다는 프로이트의 말로 대체하면 그분의 주된 내용은 '행복해하고 싶다'라고 읽을 수도 있다고 생각합니다.

인도에 신통력이 뛰어난 네 사람이 살았습니다. 그 도사들이 모여서 자신들의 미래를 봤는데 가까운 날, 한날한시에 죽을 팔자였습니다. 신통력으로 죽음을 피하자 결의하고 죽음에서 도망하여 벗어나기 위해 숨었습니다. 한 사람은 바라나시의 수많은 인파 속에 숨었고, 한 사람은 히말라야 숲속에 숨었습니다. 세 번째 사람은 강에 들어가 숨었고 네 번째 사람은 하늘 꼭대기에 올라 구름 속에 숨었습니다.

우리는 그 결과를 알고 있습니다. 모르는 것은 재주가 아주 뛰어난 도사들만 모른 셈입니다.

나는 젊은 시절에 시인 고은 선생의 허무에 전염되었습니다. 삼십대 중반의 나이에 인생을 너무 오래 산 것은 아닐까 하는 의아심을 제법 긴 시간 갖고 있었습니다. 사실 나는 아직도 불에 댄 흔적처럼 지워지지 않는 그 무엇이 있습니다.

불법(佛法) 중에는 팔정도(八正道)가 있는데 그 첫 번째가 정견(正見)입니다. 바로 보아야 한다는 이야기인데, 견해가 잘못되면 그나마 외줄 인생에서 고난의 길이 보장되는 것입니다. 불법(佛法)에 침잠했어야 할 시간에 한낱 허무 시인에게 전도되었으니 바람직한 일은 아니었습니다. 그러나 한편으로는 이런 생각도 합니다. 그것 또한 내 인생이었다고요. 절름발이 인생도 나의 것이고 바른 걸음의 인생도 나의 것이지요. 사실 실패와 실수에서 얻는 교훈에는 깊은 그 무엇이 있습니다.

반복되는 업 같은 실수도 있게 마련인데, 그렇다고 자신을 미워해서는 안 된다고 생각합니다. 완벽한 사람이 이 세상에 얼마나 되겠습니까.

나는 오래전에 간디의 자서전을 읽은 적이 있습니다. 누군가 세계 삼대 자서전이라고 하더군요. 나는 감동적으로 읽었습니다. 그의 위대함은 솔직함이었습니다. 자신을 포장하거나 위선으로 가리지 않음이 나는 그의 설득력이라고 생각합니다. 어쩌면 민낯으로 산다는 것이 어려울 수도 있는데 그럴수록 민낯으로 살아야 한다고 믿습니다.

불법(佛法)에는 많은 계율이 있지요. 그 첫 번째가 불살생(不殺生)입니다. 살생하지 말라는 뜻은 다른 이를 해치지 말라는 뜻입니다. 먼저 자신을 해치지 말라는 뜻을 포함합니다. 자신을 사랑하지 않는 사람은 다른 이를 사랑할 수 없다는 고귀한 뜻입니다. 어쩌면 미움도 살생에 들어갑니다. 뜻으로라도 사랑이어야 불살생입니다.

불교의 고는 허무나 염세가 아닙니다. 현실 인식입니다. 현실을 직시하는 것이 정견입니다. 고를 산스크리트어로 한다면 듀카입니다.

듀카의 뜻은 '변화하는 모든 것'입니다. 생겨난 모든 것은 변화할 수밖에 없는 속성을 갖고 태어납니다. 사랑도 변하고 미움도 변합니다. 건강한 육체도 늙고 병들고 죽음이라는 속성에서 벗어날 수 없습니다.

극락세계도 고이고 사바세계도 고입니다. 극락세계도 복이 다하면 사바로 다시 돌아올 수밖에 없습니다. 피할 수 없는 것들을 정견(正見)으로 바라보고 극복해 나가는 것입니다.

공자님 말씀 중에 가장 중요한 사항이 극기(克己)입니다. 자신을 이겨나가는 것입니다. 자이나교에서는 '지나'라는 말이 있는데 뜻은 자기 자신을 이긴 자입니다. 가만 생각해보면 모든 성현의 말씀은 사랑과 자비로 돌아갑니다. 고해를 건널 수 있는 나룻배는 사랑과 자비입니다. 내가 먼저 사랑하고 용서해야 합니다.

공자님에게 한 제자가 묻습니다.

"스승이시여, 세상을 살아가는 데 딱 한 가지 지침을 주신다면 어떤 것을 주시겠습니까?"

스승이 말합니다.

"용서하고 또 용서해라."

누군가 미우시다면 오늘 하루만이라도 용서해주면 어떨까요? 그래야 내가 이롭습니다.

차나 한잔 마시고 가게나

아주 깊은 어둠이었습니다. 어디로 나아가고 있는지, 지금 여기가 어딘지 가늠을 할 수가 없습니다. 느끼기에 어느 골목으로 들어가는 것 같습니다.

어느 집 앞에 다다르자, 방 안에서 희미한 불빛이 새어 나옵니다. 그래도 어둠에 가려 한 치 앞을 볼 수가 없어 손으로 저어 앞으로 나가며 방향을 잡습니다. 문득 잡힌 의자에 앉아 탁자에 기대어서 금방이라도 무너질 것 같은 허리를 지탱합니다. 수런거리는 소리가 들리고 누군가 다가옵니다. 누군가의 얼굴이 내 얼굴에 살며시 닿습니다. 코에서 나는 바람에 실린 사람 냄새가 따뜻하게 느껴집니다. 어머니였습니다.

젊은 어머니였습니다.

피부에 와 닿은 감촉이 지금 내 나이를 넘지는 않은 것 같습니다.

어머니가 어여 방으로 들어가자고 채근하십니다.

"지금이 몇 시인데 어디를 다니다 이제야 들어오느냐, 지금 새벽 두 세 시가 넘었다."

지친 내 몸을 일으켜 세우시는데 힘이 세고 체격도 옛날 모습 그대로 입니다. 얼굴은 보이지 않지만, 체취와 느낌으로 그냥 알 수 있었습니다.

그 집은 내가 태어나 자란 집이었습니다. 지금은 아파트 단지가 들어서 아주 없어졌지만, 직업 군인이셨던 아버님께서 제대하시고 직접 지으신 집이었습니다. 눈 감고 그리라면 그릴 수 있는 어릴 적 내가 자란 집이었습니다. 옆 마당 화단에 나무도 그릴 수 있고, 앞마당에 높이가 두 자 정도 되는 장독대와 낮은 담도 그렇습니다. 다만 눈에는 보이지 않고 느낌으로만 어림짐작합니다. 어머니 얼굴도 그랬습니다.

의자에서 일어나 어머니의 부축으로 한두 발짝 걷다가 잠에서 깨었습니다.

잠이 깨는 그 순간, 나는 마치 순간 이동을 한 사람처럼 어떤 공간에서 어느 공간으로 슬쩍 던져진 느낌이었습니다. 가만히 눈을 뜨고 여기가 어딘지 가늠해 봅니다. 새로 입주한 연꽃마을 신사옥의 방이었습니다. 나는 어쩌면 삼십여 년 전으로 퇴행했다가 돌아온 것인지, 아니면 아직 길고도 짧은 꿈을 꾸고 있는 것인지 의아합니다.

깜깜하고도 깊은 어둠은 피아의 식별을 구분할 수 없습니다. 나라고 하는 것은 너라고 하는 상대가 있음으로 규정하는 성격인데, 아무도 보이지 않는 상태에서는 나 역시도 누구인지 알 수 없습니다. 어쩌면 순수의식만 남은 상태입니다. 누구누구라고 분열된 의식이 아닌 존재로서만의 의식입니다. 그 의식은 총명히 깨어있으나 나는 어느 곳에도 속하지 않는 초의식 상태입니다.

나의 삶이 얼마나 남았는지 알 수 없으나, 어쩌면 이 생의 별리의 순간도 그렇지 않을까 생각해 봅니다. 꿈에서 깨는 듯한데 다시 어느새 새로운 꿈이 시작 되는 것, 삶과 죽음도 꿈과 꿈속의 이어짐과 다름 아니라고 생각합니다.

정혜사 만공 스님께서 입적하시기 전에 열반송으로 이런 글 남기셨다 합니다.

"여보게, 만공! 팔십 년 전에는 자네가 나였더니, 팔십 년이 흐른 지금은 내가 자네로세. 만공! 한 세상 사느라고 수고 많으셨네."

만추의 계절입니다. 하늘은 한 없이 높고 푸르며 들과 산 어디를 보아도 가을 답고, 냇가에 흐르는 맑은 물은 더욱 맑아져 가을 산도 담고 푸른 하늘도 맘껏 담아 흐릅니다.

걸망 지고 만행을 할 적 시골버스로 어느 사찰을 찾아 갈 때, 해가 기울자 듬성듬성 서 있는 시골집에서 연기가 폴폴 나면, 나는 알 수 없는 쓸쓸함이 가슴 가득했습니다. 굴뚝에 피어오르는 연기와 시골의 정취를 흠모한 것이 아니라 풍경에 서로 기대어 사는 사람의 정이 그리웠을 겁니다.

가을은 쓸쓸해서 더욱 깊어지고, 고독해서 더욱 맑아지는 계절인 듯합니다. 누군가의 눈물방울도 보석처럼 느껴진다면 아마 당신의 계절도 가을에 들어섰음입니다.

굴뚝에 피어오른 연기는 말 그대로 연기처럼 사라진 듯 하지만 그 연기(煙氣)로 인해 사계절로 나누어집니다. 연기(煙氣)는 아주 사라지지 않으며 변하여지는 연기(緣起)의 속성을 보여줄 뿐입니다.

색은 공을 향하고 다시 공은 삼라만상 두두물물을 창조합니다. 제자가 스승에게 묻습니다.

"여하시(如何是) 부처닛고? 어느 것이 참 생명입니까?"

스승이 답을 하십니다.

"차나 한잔 마시고 가게나(喫茶去)!"

인은 씨앗이요, 연은 그 씨앗이 발아할 수 있는 밭

'인연(因緣)'이라는 낱말은 불교에서 아주 중요한 사상 중에 하나인데 불교를 알지 못해도 우리나라 사람은 인연이라는 말을 흔히 사용합니다. 딱딱하게 말하면 인이라 함은 직접적 원인이요, 연은 간접적 원인입니다. 인은 씨앗이요 연은 그 씨앗이 발아할 수 있는 밭이라 하겠습니다.

인연 중에 그중 무거운 것이 부모의 연이요, 형제의 연입니다. '피가 물보다 진하다'는 말로 대신할 수 있을 겁니다. 또한, 스승의 연도 무겁기는 다르지 않습니다. 스승이 가시고 나니 그 자리가 얼마나 컸는지를 절절하게 느끼면서 몸으로 깨달았습니다.

사람의 일생에서 복 중의 하나가 연을 잘 만나는 것입니다. 어떤 연은 나를 구렁텅이에 빠뜨릴 수 있고, 어떤 연은 귀하고 복이 있어 자기 자리를 찾을 수 있게 도와줍니다. 좋은 연을 만나는 것은 일종의 행운이자 복입니다.

나를 인으로 치면 상대는 연이 되고 상대의 처지에서 보면 나는 연이고 그가 인이 됩니다. 이것은 우주 삼라만상이 이러한 섭리 안에 있으니, 누구든 이 인연의 고리에서 벗어날 수는 없는 것입니다.

물리학에서 '나비의 법칙'이라는 말이 있지요. 이 뜻은 한라산에서 나비 한 마리의 가벼운 날갯짓이 백두산에서는 세찬 바람이 될 수 있다는 것입니다.

우리는 자기중심적으로 나만 잘살면 된다고 생각하지만 그렇지 않습니다. 동쪽의 울림은 동시에 남서북으로 전달하지요. 나는 인이면서 항상 연이 된다는 것이 인연의 법칙입니다. 목마른 사람에게 물 한잔 떠주고, 배고픈 이에게 국수 한 그릇 사드리는 것이 결코 작은 일이 될 수 없는 이유입니다.

서정주 님의 보석 같은 시어(詩語)처럼,

"한 송이 노오란 국화꽃을 피우기 위해 봄부터 소쩍새는 그렇게 울어야 했고, 천둥은 먹구름 속에서 그렇게 울었나 봅니다."

당신은 나에게 잊을 수 없는 연이고 나의 바람은 당신에게 청명한 가을 하늘 아래 핀 노오란 국화꽃이고 싶습니다.

고맙습니다

우리는 보통 사람을 사회적 동물이라고 합니다. 서로 관계하고 기대어 살아야 한다는 것이지요. 한자로도 사람을 뜻하는 인(人)자는 서로 기대어 있는 형상입니다.

요즘 중년 남성이 많이 본다는 「나는 자연인이다」라는 TV 프로를 가끔 보는데 등장하는 사람마다 각각의 유형이 있어 살펴보았더니 누군가를 많이 사랑하고 그리워한다는 공통분모가 있었습니다.

산골짜기에서 밭을 개간하고 텃밭을 가꾸는 이유는 사랑하는 이에게 무엇이라도 주고 싶은 강한 욕구에서 나오는 부지런함이고, 집을 지어 방을 들이고 쉴 공간을 만드는 것은 함께할 날을 고대하는 기다림의 또 다른 결과로 나타난 것입니다.

이 주인공이 많이 하는 이야기가 하나 있는데, 미안하다는 말과 고맙다는 말이었습니다. 사람이 고요히 혼자 있다 보면 밝음과 어둠이 선명하듯, 지난날과 일이 그대로 받아들여질 때가 있습니다. 그때는 나의 무지로 인해 너무도 당연하다고 생각했던 것이 돌이켜 생각해 보면 얼마나 소중하고 귀한 것이었음을 깨닫게 되는 것이지요.

"미안합니다. 그때 더 잘해주지 못해서 미안합니다. 나의 아픔만 생각했지, 그대의 아픔은 미처 생각지 못해서 미안합니다. 고맙습니다. 그래도 나를 바라봐 주고 기다려주어서 고맙습니다. 그대와 내가 따로 떨어져 있어서 안타깝지만, 나는 순간순간 더욱더 당신을 그리워합니다."

나는 세속에 늙으신 노모가 계십니다. 일 년에 두세 번 전화하십니다. 한번은 내 생일날 아침에 전화하시고, 어떤 이유로나 무척 걱정되실 때 전화하십니다. 아마도 전화하실 때는 오랜 시간 이런저런 생각을 하셨을 텐데, 통화시간은 일 분도 채 안 되어 무엇에 쫓기는 듯이 전화를 놓으십니다.

우리 어머님은 저에게 가끔 '미안해요'라고 말씀하십니다. 나는 처음에 그 말씀을 이따금 들을 때 잘 이해가 되지 않았습니다. 미안하면 내가 많이 미안한 것인데…. 그리고 자주 하시는 말씀이 '고맙습니다'라는 말입니다.

가을날 경남 악양의 대봉감이 붉게 익어갈 때, 감 한 상자를 택배로 보내드리면 기와집 한 채라도 얻으신 것 마냥, 연신 '고마워요, 고마워요'라고 하십니다.

사내아이가 쓰지 않는 말이 '미안합니다'인데, 나는 어머니의 훈습으로 '미안합니다'라는 소리를 간혹 하게 되었고, '고맙습니다'라는 소리는 이제는 자연스럽습니다. 그렇다고 마음에 없는 이야기가 아니고 세월이 흐를수록 더 진한 감사와 미안함이 깊어갑니다.

　욕망과 바람이 한세상을 살아가는 데 있어서 약이 되고 독이 됨을 이제는 아는 나이인가 봅니다. 또한, 한세상 살면서 '고맙고, 미안한 일이 참 많구나'라는 생각도 해 봅니다.

　"고맙습니다. 그래서 더 미안합니다."

마음의 노래

노래라는 낱말을 하나 던져놓고 가만 바라보니 무언가 낯설고 이게 무슨 말인가 하여 잠시 망설여집니다.

노래는 어디에나 있습니다. 어머니의 사랑 가득한 부드러운 음성으로 따스한 눈빛으로 불러주는 노랫소리를 들으며 아이는 잠이 들고, 잠이 든 그 시간만큼 아이는 하루하루가 다르게 자랍니다.

학교에 가서는 선생님의 피아노 소리에 맞춰 따라 부르고, 배운 노랫말을 흥얼거리며 친구들과 교문을 나섭니다. 중국집 뒷방에서 짜장면과 군만두 시켜놓고 선배들에게 배운 노래는 대체로 외설적인데 내용이나 가락이 한번 들으면 잘 잊히지 않는 노래입니다. 남자는 군대 가서 고된 훈련과 함께 부른 노래는 잊으려고 해도 잊을 수 없는 국방색 청춘에 배긴 사리 같은 것입니다.

가야산 해인사에는 아주 큰 호랑이 하나가 살았습니다.

가야산 호랑이 성철 방장 스님입니다. 하루는 성철 방장 스님께 무소유의 법정 스님이 베토벤의 교향곡 전집을 선물하셨다 합니다. 제가 누군가에게 듣기로 베토벤은 클래식의 정점이라고 단정적으로 이야기하는 소리를 들은 적이 있습니다. 조금은 불편했습니다.

시간이 흐른 뒤에 법정 스님께서 큰 스님을 찾아뵙고는 베토벤 교향곡을 들으셨냐고 물으셨다 합니다.

"큰 스님! 어찌 베토벤 음악이 괜찮지요?"

방장스님께서 하시는 말씀 왈

"야야! 나는 이난영이만 못하더라"

여기서 이난영이라는 사람은 「목포의 눈물」을 부르신 분입니다.

나에게는 걸망을 지면 부르는 걸망가 두 곡이 있었는데 하나는 정태춘의 「떠나가는 배」요 또 하나는 '오늘도 걷는다마는 정처 없는 이 발길' 하며 시작하는 노래입니다. 아마도 그가 잘 부르는 노래는 그 자신을 가장 잘 표현한 것이 아닌가 하는 생각도 해봅니다.

제가 잘 아는 실향민 한 분은 약주만 한잔 드셨다 하면 「우리의 소원은 통일」을 부르는 분이 계셨습니다. 음정 박자를 무시하는 노래였지만, 한 맺힘이었고 혹시나 하는 소망이기도 하셨을 겁니다. 내 아버지의 노래였습니다.

노래는 어디에나 있고 누구에게나 있습니다. 가을밤 풀벌레 소리도 노래요. 처마에 떨어지는 낙숫물 소리도 노래일 것입니다. 시인은 시로서 노래하고 구두장이는 작은 쇠망치로 노래합니다. 대나무 숲에 이어지는 댓잎 스치는 소리도 노래요, 양지바른 낮은 냇가에 눈과 얼음이 녹아 흐르는 물소리도 계곡의 노래일 것입니다.

소리란 소리는 모두 노래이고 그 노래는 모든 생명의 줄기입니다.

도인도 노래합니다. 오도송과 임종게가 그것일 겁니다. 오도송은 깨침, 직후에 흘러넘치는 샘물같이 자신의 경계를 표현한 것이고, 임종게는 한세상을 표연히 마치면서 자신의 경계를 노래한 것입니다. 나의 주관적인 생각인지 모르지만, 오도송은 눈 푸른 납자의 기상이 깨침과 함께 녹아 들어있고 임종게는 달관자의 초연함이 내재한 듯합니다.

안성 파라밀요양원에서는 오전 열 시가 되면 어김없이 나오는 노래가 있는데, 경쾌한 멜로디를 요양보호사님들이 어르신들의 박수를 유도하면서 흔쾌하게 함께 따라 부릅니다.

"쿵작쿵작 쿵짜작 쿵짝 네 박자 속에 사랑도 있고 이별도 있고 눈물도 있네…."

나도 속으로 따라 부릅니다. 그러면 왠지 모르게 기분전환이 된 것을 느낍니다. 이즈음 트로트 광풍의 시대가 아닌가 합니다. 유행에 밀려 먼지 쌓인 레코드판처럼 잊혀가던 트로트가, 노래뿐 아니고 사회 전반에 유행을 선도해 나가는 듯합니다. 가고 다시 오는 것이 유행이라고 한다면 트로트는 대유행 중입니다.

소리는 입을 닫고 귀를 열어야만 들리는 속성이 있습니다.

능엄경에 이근원통(耳根圓通)이라는 말이 나옵니다. 관세음보살의 수행법으로 귀를 열어 원용하게 통한다는 뜻입니다.

헤르만 헤세(Hermann Hesse) 의 소설 중, 《싯다르타》라는 소설이 있는데 '싯다르타'라는 말은 부처님께서 깨치기 전 속가의 이름이기도 합니다. 여기에서 싯다르타는 '강가강'변에 가서 강물이 흐르는 소리를 들으며 삼매에 들곤 하는 장면이 나옵니다.

세상은 소리로 되어있습니다. 세상의 노랫소리를 들으려 한다면 잠시 입을 닫고 귀를 열어야 합니다. 산 높은 정상에 서 있는 킬리만자로 표범의 고독은 온 세상에 노래를 들으려 함이요, 자신만의 노래를 진실하게 부르고 싶은 열망과 몸부림이 아닌지….

우리의 삶은 21세기가 간절히 원함이었습니다.

도로 아미타불

세간에서 말짱 도루묵이라는 말이 있듯이 절집 안에는 십 년 염불이 도로 아미타불이라는 말이 있습니다. 둘 다 속뜻은 지금까지 수고로운 일이 헛수고였다는 말입니다.

옛날에 신심이 아주 장한 신도님께 그 마을을 지나는 어느 스님이 극락세계에 계시는 아미타부처님을 이야기해 주었습니다. 아미타부처님은 서쪽 하늘 세계에 계시는데 늦은 밤 서쪽 하늘을 바라보며 일념으로 아미타부처님을 부르면 어느 순간 극락세계에 왕생한다는 말씀이었습니다.

그날부터 밤이면 밤마다 장독대에 맑은 정화수 한 사발 떠놓고 아미타불을 일념으로 부르고 찾았습니다. 십 년쯤 지났나요. 집 앞을 지나는 스님이 있어 그 스님께 여쭙습니다.

"이래저래 해서 십 년을 하루같이 아미타불을 염불했는데 아무 소식이 없습니다."

이 스님은 눈 밝은 고승이었습니다.

"십 년 염불이 도로 아미타불입니다."

아미타경에 서방정토 극락세계를 설명해 놓았는데 거리로는 지금 화성이라는 별보다 더 멀리 있습니다.

"보살님! 보살님 가슴 안에 아미타부처님이 상주해 계십니다. 왜 그토록 멀리서 부처님을 찾으십니까?"

이 말씀이 떨어지는 순간 아하! 하고 나에 자성불(自性佛)을 깨치었다 합니다.

한국 사람은 미국에 가도 한국 사람이고 중국에 가 있어도 한국 사람입니다. 극락세계도 마찬가지이고 지옥 중생도 마찬가지입니다. 극락세계는 어느 장소가 아니고 물질의 구족이 아닙니다. 충만한 나의 마음 상태를 이야기함입니다.

한 생각 삐끗하면 십만 팔천 리라는 말을 합니다. 십만 팔천 리라는 말은 멀고 먼 거리를 의미합니다. 한 생각은 나의 마음자리에서 일어나는 것입니다. 나의 보물을 가슴에 품고 있으면서도 길고 험난한 거지 생활을 하는 것입니다.

우리는 누구나 행복 하고자 열심히 일하고 이것저것 해 봅니다. 그래도 성에 안 차고 더욱 행복과는 멀어지는 것 같습니다. 부처님께서는 우선 지혜로워야 한다고 설 하십니다.

그래서 '계정혜(戒定慧) 삼학(三學)'의 끝이 지혜요, 육 바라밀의 끝이 지혜이고 십 바라밀의 끝이 지혜입니다. 지혜가 끝에 서 있는 뜻은 모든 것은 지혜로서 완성하기에 그렇습니다.

욕망이면 어떻습니까? 지혜로서 통제한다면 말입니다. 지혜롭지 않은 자비는 세상을 더욱 혼탁하게도 할 수 있습니다. 말짱 도루묵이 안 되도록, 십 년 염불이 도로 아미타불이 되지 않도록 살피고 또 살펴야 할 줄 압니다.

생과 사에 걸림이 없지요

옛날 로마제국은 원정에서 승리를 거두고 개선하는 장군이 장수들과 시가행진을 할 때 행렬 뒤에서 노예들을 시켜 큰소리로 외치게 하였답니다.

"메멘토 모리! 메멘토 모리!"

이 말은 라틴어로 "자기 죽음을 기억하라 너는 반드시 죽는다."라는 뜻이랍니다. 지금 전쟁에서 승리를 이루고 개선문을 지나는 상황에서 "자기 죽음을 기억하라"라는 말은 언제든 다시 패배하여 적군에 전리품이 될 수 있음을 명심하라는 말과 같습니다.

옛날 도인 스님은 공부를 다 이루고 몸을 바꾸실 때, 앉아서 죽고, 서서 죽고, 마당을 지나가다 순간에 입멸에 들기도 하셨답니다.

한 도인이 며느리에게 '아가야! 이렇게도 저렇게도 죽는 모습을 다 들어보았는데 아직 물구나무서서 죽은 사람은 아직 없었지?'라며 물으십니다. 이 말씀을 듣던 며느리는 마당을 가로질러 가던 길이었는데 '아버님은 평생 별나게 사시더니 가실 때도 별스럽게 가실라 하십니까?'라고 하면서 며느리가 순간 입멸에 들었습니다.

도인은 그 모습을 보면서 한탄하셨습니다.

"아차! 한발 늦었다."

며느리 장례를 치르고, 어디 장날에 즐겁게 장에 가듯 죽음을 맞이한 어느 도인의 이야기입니다. 이 이야기의 낙처(落處)는 생과 사를 둘로 보지 않음에 있다 할 것입니다. 삶이 당연하다면 죽음 또한 당연합니다.

생과 사에 자유로운 이는 어느 것에도 걸림이 없지요?

얼마 전, 하동 쌍계사 고산 혜원 방장스님께서 입적하셔서 조문을 다녀왔습니다. 쌍계사 선원에서 모시고 산적도 있고 가까운 스님으로 도반 스님이 상좌이고 권속들이어서 조금 일찍 다녀왔습니다. 그전에 듣기로 큰스님께서 기도하실 때 방광(放光)을 몇 번 하셨다 합니다. 그때마다 회계에서는 쌍계사에 불이 났다고 하여 소방차가 출동하였는데, 그때마다 큰 스님께서 잔잔히 목탁을 치며 기도하고 계셨다 합니다.

그런 기도 끝에 폐사와 비슷하던 처지의 쌍계사를 지금의 전통과 아름다움을 간직한 도량으로 만들어 놓으신 것입니다. 큰 스님은 복과 지혜를 함께하셨습니다. 대강백이셨고 율맥을 이어받은 율사이셨으며 붓글씨도 뛰어나셔서 부처님과 조사님들의 금과옥조 같은 글을 많이 쓰시고 나누어 주셨습니다.

무엇보다도 인자하셨습니다. 큰 스님의 맏손주 상좌가 도반인데 대승사 선원에서 같이 정진할 때였습니다. 누구와 통화하는데 화를 막 내는 것도 같고, 조금은 그렇고 그러해서 '누구와 통화하는데 그러느냐?'라고 물은 적이 있습니다. 큰 스님하고 통화하였다고 하더군요. 어린 손주 상좌에게는 한없이 인자하고 너그러우신 할아버지 스님이셨던 것입니다.

사바의 인연을 뒤로하고 가시는 날도 쌍계사 십 리 벚꽃이 만개하고, 꽃비가 내리는 찬란한 봄날 법랍 65세 세납 88세를 일기로 더없이 좋은 날을 택하여 가셨습니다.

우리 같은 범부중생은 생사대사 문제도 큰일이지만 보다 큰일은 사랑과 미움에서 벗어나는 일입니다.

"사랑도 벗어 놓고, 미움도 벗어 놓고, 물같이 바람같이 살다 가라 하네"

애증도 생사이긴 매 한 가지이긴 합니다.

길 위의 성자

길이라는 말을 한자로 하면 도(道)라고 합니다. 이곳과 저곳을 이어주는 것이 길이요, 이 길을 통하여 소통하고 왕래합니다. 인간은 평생을 살면서 이 길에서 벗어난 적 없이 삶을 유지합니다.

길을 잃어버렸다는 것은 삶이 잘못되었다는 것과 일맥상통합니다. 길은 인간이 살아온 흔적이고, 앞으로의 미래이기도 합니다. 인류의 삶과 길은 한 몸이기도 하지만, 자신의 길을 안다는 것은 쉽지 않은 일입니다. 그래서 우리는 스승을 찾고 현인을 찾아 길을 묻습니다.

부처님께서는 이천오백여 년 전 지금의 네팔인 꽃피고 사슴이 뛰노는 룸비니동산에서 탄생하셨습니다. 어머니, 마야 부인께서 출산을 위하여 친정으로 가시다가 산통을 느끼시어 비단 장막을 넓게 두르시고 무우수(無憂愁) 근심없는 나뭇가지를 붙잡으시며 오른쪽 옆구리로 부처님을 출산하셨다 하지요.

석가족의 성자 석가모니께서는 이렇게 길에서 나시고, 인간의 나이 팔십 평생을 길과 함께 하시었습니다. 스물여덟의 나이에 자신에 모든 기득권과 사랑하는 가족과 친지를 뒤로 한 채로 출가하여 오로지 구도의 열정으로 끝날 것 같지 않던 무상(無上)의 정각을 이루셨습니다.

인류사에서 가장 의미 깊은 사건을 하나만 꼽으라 한다면 나는 망설임 없이 싯다르타의 성불에 있다 할 것입니다. 인간의 몸으로서 부처를 이룬 최초의 신(新)인류의 탄생이었기 때문입니다.

부처님께서는 성도(成道) 후에 중생을 위하여 쉼 없이 지혜의 말씀을 전파하고 다니셨습니다. 제자들이 전법을 위하여 길을 떠날 때, 두 사람이 한길로 가지 말고 따로 가시라 하셨습니다. 더 많은 사람을 만나 중생의 고통과 고통의 원인, 열반의 가치와 열반에 이르는 방법을 일러주라 하셨습니다. 처음도 좋고 끝도 좋은 방법으로 말하라 일러주셨습니다.

부처님께서는 좋은 스승이셨고 좋은 의사이셨으며 자애로운 어버이셨습니다. 길은 순탄한 길도 있고, 순탄치 못한 길도 있습니다. 어려운 길도 있고 비교적 쉬운 길도 있습니다. 어쩌면 길은 인생입니다.

그 길 위에 인류 최고의 선생이며 스승이 길을 같이 걸으셨습니다. 불교 신자라는 것은 그 스승의 걸음걸이 뒤를 따르겠다고 맹세한 사람이라 할 것입니다. 부처님의 깨달음을 흠모할 뿐만 아니라 이 세상에, 이 세상에서 안 되면 내생에 세세생생에라도 깨달음을 이루겠다고 다짐한 제자가 불자입니다.

인류는 코로나 19라는 펜데믹(세계적인 전염병)과 더불어 기후변화가 가져오는 생태계 교란의 전 지구적 위기와 언제든 상존하는 핵전쟁의 위험에 서 있습니다. 부처님께서 말씀하신 삼계화택이라는 말이 실감 나는 세상에 사는 것입니다.

어려울수록 기본에 충실하라 하셨습니다.

어둠이 깊을수록 밤하늘의 달과 별이 빛나는 법입니다. 길 위의 성자가 부처님만 계신 것은 아닙니다. 예수님도 공자님도 소크라테스도 길 위의 성자이십니다. 인류의 정신을 새로 쓰신 성자이십니다. 단정히 앉아 그 어른들 말씀을 가만히 명상하여 봄이 어떨까 생각해 봅니다.

푸른 오월은 부처님 오신 날이 있어 더욱 아름답고 찬란한 계절입니다.

삶의 방향성과 절제 용기, 운명

이른 아침에 베토벤의 교향곡 「운명」을 듣습니다.

쾅쾅쾅 쾅! 하면서 시작하는 교향곡은 큼지막한 유리창이 와장창 깨져 내려앉는 것 같고, 벽돌담이 와르르 무너지는 것 같고, 참고 참았던 사람의 억장이 무너지는 것 같이 들리기도 합니다. 그다음에 부드러운 멜로디가 흐르다 다시 또, 뭔가 도모하는 듯 급한 선율이 흐르더니 급기야는 개선장군의 나팔소리 같은 승리의 찬가가 오케스트라의 장엄함으로 작은 방안에 가득합니다.

이런 식으로 음악은 반복하며 흐르다 마지막에는 법정의 판사가 결정했다는 식으로 쾅쾅쾅 하며 쐐기를 박듯 피날레를 장식합니다.

사람의 운명을 이런 식으로 표현하는가 싶기도 하고, 우리네 운명이라는 것이 거친 파도와 맞서기도 하고, 잔잔한 호수의 물결 같기도 하고, 계곡의 급물살 타고 래프팅하는 것 같기도 하며, 어느 순간 환희와 절망이 교차하다 최후의 선고을 수용하듯, 마무리하는 것이, 우리네 인생과 흡사하다는 생각이 들었습니다.

운명은 인간의 의지를 압도하거나 초월한다는 사전적 의미처럼 나에게 알 수 없는 거대한 설계도가 이미 그려져 있다는 것처럼 들립니다. 자신의 운명을 개척하라는 말은 그 운명이라는 것이 절대 쉽지 않다는 것을 방증하는 것이기도 합니다. 뜨거운 열정의 사람도 나이 들다 보면 운명론에 귀를 기울이게 되고 겸손을 배우기도 합니다.

억지로 되는 것이 아니다. 꿈은 이루어진다고들 하지만, 꼭 그렇지만은 않다는 것을 살아온 인생만큼 배웠기 때문일 겁니다. 정해진 운명이 있는지 없는지는 누구도 알 수 없습니다. 그러나 자신의 인생 방향성은 자신이 정하는 것입니다.

바르게 보고, 바르게 말하고, 바른 행동을 하며, 바른 삶을 산다면 어떤 운명이 되었든 간에 그 사람에 인생은 존경할만하다 할 것입니다. 사람은 위대하기도 하고 그렇지 못하기도 합니다. 그것은 그 사람이 선택한 방향성과 지속성, 절제와 용기가 말해주는 것입니다.

보왕삼매론(寶王三昧論)의 한 구절로 이 글의 운명을 대신에 합니다.

몸에 병 없기를 바라지 말라
몸에 병이 없으면 탐욕이 생기기 쉽나니,
세상살이에 곤란함이 없기를 바라지 말라

세상살이에 곤란함이 없으면 업신여기는 마음과

사치한 마음이 생기나니

일을 꾀하되 쉽게 되기를 바라지 말라

일이 쉽게 되면 뜻을 경솔한 데 두게 되나니

이처럼 막히는 데서 도리어 통하는 것이요. 통함을 구하는 것이 도리어 막히는 것이다, 이래서 부처님께서는 저 장애 가운데서 보리 도를 얻으셨느니라.

마음의 포트폴리오

한적한 강가에서 한 사람이 기다란 대나무로 낚시를 하고 있습니다. 바쁜 듯 잰걸음으로 지나가던 한 사람이 낚싯대를 드리운 이에게 나무라는 듯이 묻습니다.

"당신은 하는 일이 없소? 열심히 일해도 어려운 지경에 그렇게 한가하게 시간을 보내니 내가 보기에 딱해서 말이오."

낚시하던 이가 그에게 묻습니다.

"당신은 아주 열심히 일하는 모양입니다."

지나가던 이가 대답합니다,

"그렇소."

낚시하던 이가 또 묻습니다.

"왜 그렇게 열심히 하십니까?"

지나가던 이가 대답합니다,

"나는 고기잡이배를 사려 하오."

"그 고기잡이배를 사서 어찌하렵니까"

"그 배로 물고기를 많이 잡아 돈을 벌어서 더 큰 배를 살 것이오."

"더 큰 배를 사서 어찌하시렵니까?"

"큰 배는 돈을 더 많이 벌지 않겠소? 나는 그 돈으로 이렇게 경치 좋은 곳에 괜찮은 집을 한 채 짓고서 낚시나 하면서 한가하게 노년을 보낼 것이오."

말을 주고받던 낚싯대를 드리운 이가 인제야 답을 찾았다는 듯 한 마디 합니다.

"나는 그 한가한 낚시질을 지금 하고 있습니다."

열심히 산다는 것은 누구나 칭찬할 일이지 나무랄 일은 아닙니다. 그런데 자기가 빠진 인생의 삶은 나중에 공허함만 남길 수도 있습니다. 자식 바라기로 모든 것을 바친 부모의 삶은, 노년에 바람 빠진 축구공 신세가 될 수도 있습니다. 배우자의 뒷바라지만으로 살아온 삶도, 나중에 그치지 않는 부부싸움 원인이 되기도 합니다. 일 중독 같은 성실함도 회사를 그만두게 되면서는 공허함을 채울 길이 없습니다.

내가 있고서 남편도 있고 자식도 있고 친구도 있습니다. 결코, 남편과 자식이 있어서 내가 존재하는 것이 아닙니다. 우리는 보통 자리이타(自利利他)라 하지 이타자리(利他自利)라고 하지 않습니다. 내가 행복해서 그 행복에 기운을 주위에 전파하는 것이 순서라 생각합니다.

　요즘 '포트폴리오'라는 말을 왕왕 듣습니다. 그 말뜻은 자신의 재산을 안정적으로 극대화하기 위하여 재산을 여러 형태로 분산시킨다는 뜻이라 합니다. 부동산·예금·주식에 나누어 관리하고 주식도 여러 종목으로 나누어 뜻하지 않게 벌어질 일에 대비하라는 것입니다.

　나는 재산뿐 아니라 우리의 마음 씀도 포트폴리오를 해야 한다고 생각합니다. 한 가지에 몰방하는 것은 매우 위험한 일입니다. 자식에게 몰방한다고 나중에 나의 자식이 좋아할까요, 내가 흡족할까요.

　가장 이상적인 관계는 적당한 거리를 두고서 지그시 바라볼 수 있는 상태입니다. 너무 가까우면 부딪히기 쉽고 너무 멀면 잊히기에 십상입니다. 사람의 매력은 독립적인 성품과 내재적 자신감에서 나오는 페로몬(pheromone; 같은 종 동물끼리 의사소통에 사용하는 화학적 물질) 같은 것입니다.

　먹고 사는 일이 중요하지만, 일개미처럼 살기에는 우리 인생이 너무 아깝습니다. 물질적 생산성 있는 일이 중요하지만, 내면에 충만함이 인생을 더욱 풍요롭게 할 수 있습니다. 그 충만함은 자신에 일이 삶에서 헤아릴 수 없는 알파가 될 수 있지요.

　이 시대는 정보의 시대이고 AI 시대라고 합니다. 단순 노동력보다 창의력과 창의적 융합능력이 최고의 경쟁력이 되는 시대인 것입니다. 열심히만 하는 것이 중요한 것이 아니라 다른 이가 생각지 못한 것, 먼저 미래를 예측하는 것이 자신과 조직에 가치로 이어지고 있습니다.

수행자가 깨달음에 다다를 때도 자신이 인지하지 못할 때, 문득 기왓장 떨어지는 소리에 깨닫기도 하고, 닭 우는 소리를 듣다가 깨치기도 합니다. 머리와 가슴에 여유가 없으면 아무리 좋은 이야기를 듣는다 한들 자기 것이 될 수 없습니다. 무엇을 받아 채우려 한다면 먼저 자신의 것을 모두 비워놓아야 채울 수 있습니다.

제법 인생을 산 늙수그레한 대중 가수가 넋두리처럼 '인생아! 너는 나에게 술 한 잔 사주지 않았다'라고 노래합니다. 하늘 높고 푸르른 청명한 가을날, 자기 자신을 위하여 작아도 알찬 선물 하나 해보면 어떨까요.

이 세상 무엇과도 바꿀 수 없는 것이 자기 자신입니다.

묵은 향으로 그대 곁에 …

별이 오랫동안 머물고 간 우리 집 일곱 계단에 어둠이 내릴 즈음 아버지는 누런 봉투 하나 들고 짙푸른 철 대문을 열고 들어오십니다. 얼굴에는 이미 세상 다 가진 사람처럼 웃음이 그득합니다. 형과 누이를 차례로 어루만지고 들어 올리며 마루에 올라서자 마지막으로 내 차례입니다.

나는 자꾸 아버지 얼굴에 코를 갖다 댑니다. 아버지는 우리에게 주지 않고 잘 익은 홍시를 혼자만 잡수신 모양입니다. 나는 아버지의 냄새가 좋아 자꾸 얼굴에 코를 갖다 대면 아버지는 연신 웃으시며 뻣뻣한 턱수염으로 나의 얼굴을 비빕니다. 이내 물러선 나는 누런 봉지 속 센베이(senbei; 일본 전통 과자)의 한 종류를 쫓아갑니다.

한평생 잊을 수 없는 향기와 체취 그리고 촉감이 있습니다. 그 향기와 체취로 그 사람과 나와의 관계를 유추할 수 있습니다. 초등학교 때 눈을 심하게 다쳐서 엄마하고 수유리에있는 잘한다는 안과를 찾아갔습니다. 꼭 잡은 엄마 손의 따스함은 잊을 수 없고, 지금도 그날 입으셨던 세타의 까슬까슬함을 기억합니다. 그리고 안과 원장님이 '너는 하루만 늦었어도 눈을 잃을 뻔했다'라고 말씀하시자, 거듭 '고맙습니다.'라고 하시며 고개 숙이던 어머님의 자식 사랑이 따스한 손의 온기를 기억합니다.

내게는 오래된 장난감이 하나 있는 데, 그것은 손목 단주입니다. 낮이고 밤이고 잠을 잘 때도 꼭 쥐고 놓지를 않았지요. 그 쓰임은 호흡을 살필 때, 속으로 염불할 때, 심지어는 화두할 때입니다. 간혹 누구를 주고 싶어서 건네주기도 하는데, 나는 이른 시간 안에 단주를 구해 참니다. 지금 지닌 단주는 향내가 좋아서 이따금 코에 갖다 대고 냄새를 맡으며 흐뭇해합니다. 한번은 차던 단주를 잃어버리고서 당황하는 나의 모습에 단주 하나에 너무 의탁하는 것이 아닌가 생각해 봤는데, 이 정도 사치나 의탁 하나 못 하겠냐는 생각으로 마무리했습니다.

오래전 하동 쌍계사 위의 국사암에 산 적이 있습니다.

당나라 유학에서 돌아온 혜소 스님은 만행하던 차에 어느 마을 입구에 들어서는데 나무 기러기 한 마리가 머리 위를 몇 바퀴 돌며 길을 안내하듯이 허공으로 나아가서 스님은 이 기러기를 쫓아갔습니다. 산 중턱 즘에 다다르니 계곡 옆에 터가 양지바르고 전망이 좋아

절을 지으니, 이곳이 국사암이고 쌍계사 짓기 전에 먼저 지으셨습니다.

　나무 기러기의 전설로 인해 국사암 아랫마을은 지금도 나무 목에 기러기 압을 사용하여 목압(木鴨) 마을이라 합니다. 늦은 오후쯤 국사암에서 쌍계사 넘어가는 솔숲에 가면 피톤치드 향이 가득합니다. 갈잎이 폭신하게 덮여 있어 나는 이 길을 수없이 왕복하며 걸었습니다. 점심나절부터 이 시간을 기다리곤 했던 기억이 가을 오후 햇살처럼 선명합니다.

　산자락에 살아서 좋은 일 하나는 자연을 가깝게 보고 느낄 수 있습니다. 이른 아침의 새 소리, 졸졸 흐르는 개울 물소리며 숲속의 향기가 무겁던 의식을 흔들어 깨웁니다. 봄의 향기는 상큼하고 진하여 자극적이지만, 가을의 향기는 오래된 앨범 들추는 것처럼 향기에 더해 사색의 침묵이 더해집니다.

　나는 세월이 흘러 누군가에게 어떤 향기와 체취로 기억될 것인지! 오래된 단주처럼 묵은 향으로 그대 곁에 남아있으면 좋겠습니다.

불성을 깨달은 사람

릴리(lily)는 백합꽃의 영어 이름입니다.

행복과 희망이 충만한 젊은 부부가 있습니다. 둘 다 촉망받는 화가이지요. 그들은 눈이 부실만큼 서로를 사랑합니다. 친구이자 부부이며 그림을 훌륭하게 그리고자 하는 동지입니다. 어느 날, 부인은 신랑을 모델로 드로잉을 합니다. 남자이지만 아름답습니다. 신랑은 부인이 그린 그림을 보면서 묘한 표정을 짓습니다.

그날 이후, 남자는 자신에 정체성에 관하여 의구심을 갖기 시작합니다. 어느 파티에 초청된 두 부부는 장난으로 남자는 여장하여 참석합니다. 아무도 의심하지 않을 정도로 남자는 여성스러웠습니다. 어느 신사가 여장한 남자에게 접근하여 대화합니다. 이름을 묻는 신사에게 문득 자신의 이름을 릴리라고 소개합니다.

남자는 여장하는 시간이 잦아졌습니다. 그러면서 자신의 감추어져 있던 여성성을 발견하고 자신에 정체성에 대하여 확신합니다. 몸은 남자이나 성의 정체성은 여성입니다. 부부의 관계는 넘지 말아야 할 강을 건넜습니다. 부인은 남편을 잃었고 친구만 남았습니다. 부인은 너무나 사랑한 남자를 잃을 수 없습니다. 남편을 이해하고 남자의 문제를 해결하려 노력하지요.

일찍이 성공한 사례가 없는 성전환 수술을 시도합니다. 목숨을 걸어야 하는 수술이지만, 자신의 정체성을 찾으려 결심했습니다. 남편은 감염의 후유증으로 생을 마감합니다. 엷은 미소가 얼굴에 가득합니다. 인류 최초 자신의 정체성을 찾으려 했던 1900년 초, 실화를 바탕으로 그려진 영화였습니다.

나는 이 영화에서 자신의 정체성을 찾으려는 한 사람의 눈물겨운 투쟁을 보면서 불자의 한 사람으로서 불자의 정체성이란 과연 무엇일까를 가만 생각해보았습니다.

고은 시인이 어느 신문 지상에 펼쳤던 글 중, '나는 대한민국의 사람이 아니고, 누구의 손자도 아니고, 누구의 아들도 아니며 나는 누구에게도 속하지 않은 나는 나다'라는 글을 떠올렸습니다.

그렇다면 그는 과연 누구인가? 부처님께서 시방세계 모든 중생은 모두 부처라고 2600여 년 전에 설파하였습니다. 구름에 가려진 달처럼 중생의 정체성은 부처라고 하는 것입니다. 고은은 이미 자신은 완벽한 하나의 불성(佛性)이라는 자각이 있었다고 생각합니다. 완전을

위해 달려가는 것이 아니라, 이미 부처임을 확인하는 것이지요. 이교
도는 창조주의 피조물이라는 믿음을 강조합니다.

종교에서 두 가지 공통점을 찾는다면 그러한 믿음이 깊어지고 깨
달음이 더해지면 그 사람은 더 낮아지고 더 넓어진다는 것입니다. 불
성을 깨달은 사람은 모든 이와 모든 것이 부처이며 그러한 세계가 화
엄의 바다임을 확인하여 지혜와 자비가 실천적으로 현현할 것이며,
신에 대한 믿음이 그득한 사람은 신의 다른 이름이 사랑이라는 것을
체득하는 것일 겁니다.

자비와 사랑이 없는 종교는 자신만을 위한 공리공론이라는 것을
우리는 이성과 체험으로 알 수 있습니다. 가난한 이웃을 버려두고,
아집과 아상에 오염된 사상과 종교는 어쩌면 사회의 악일 수도 있습
니다. 모든 종교의 이상은 누구나 고통을 여의고 참다운 즐거움을 얻
는 것이라 할 수 있습니다.

당신의 정체성은 과연 무엇입니까?

납량특집

때는 고운 단풍도 퇴색하기 시작하던 삼십여 년 전, 늦가을이었습니다. 나는 만행 중에 오랜만에 법주사에 들렀습니다. 저녁 공양 시간에 가까운 스님을 만나 이런저런 이야기를 하다가 '자신이 관음암 암주로 가기로 했다며, 혼자 올라가기가 그러하니 내일 같이 좀 가자' 라고 하시길래 '예 그러시지요.'라고 선선히 대답하였습니다.

다음날 속리산에서 제일 높은 곳에 있는 관음암에 도착했습니다. 관음암에서 바라보면 저 멀리 신선대, 비로봉, 입석대 그리고 청황봉이 연이어 펼쳐지고, 아래로는 멀찌감치 법주사 주봉인 수정봉이 보이고, 사내리 마을에 있는 관광호텔까지 보입니다.

요즘 말로 뷰가 정말 끝내줍니다. 도반 스님은 도량 구석구석을 살피고 나는 가을 햇살 맞으며 어슬렁거리다 점심때가 다 되어 간단히 라면으로 요기를 마쳤습니다. 도반 스님은 마을에 손님이 와서 잠깐 다녀온다고 하며 마을로 행차하시고 나만 덩그러니 남았습니다. 새벽예불부터 바지런히 움직였더니 급 피로가 오기 시작합니다.

한 평쯤 되는 방안은 몇 일째 불을 때지 않았는지 냉골입니다. 그래도 걸망을 베개 삼아 잠이 들었는데 누군가 방에 들어와서 자는 나를 가만히 쳐다봅니다. 이내 자기 일인 양 걸레로 방을 닦습니다. 나는 일어나려 애써보지만 꼼짝달싹할 수 없습니다.

보이지 않는 힘이 꾹 누르고 있어 발버둥을 쳐도 소용이 없습니다. 입도 벌릴 수 없어 속으로만 관세음보살을 빠르게 염(念)하지만 다르지 않습니다. 내가 스스로 지쳐 포기할 때에야 모로 일어날 수 있었습니다. 가위를 눌린 것입니다. 그것도 심하게….

일어나 앉아서 가만히 생각해 보아도 아! 불편합니다. 도반 따라 올라오기는 했으되 당사자는 일 있다 하며 산에서 내려가고 빈 절을 지키고 앉았는데, 아주 세게 가위까지 눌렸으니…. 잠도 덜 깼는데, 몸은 자꾸 까부라지고….

나는 비상수단으로 걸망에서 대가사를 꺼내 덮고서 다시 누웠습니다. 가사를 덮고 있으면 웬만한 잡귀는 얼씬하지 못한다는 말을 한 스님에게 들은 적이 있었기에 그리 해보았습니다. 이내 다시 수마는 덮쳐들고 좀 전에 걸레질하던 분이 다시 방을 닦고 있습니다.

가만히 육감으로 그이를 관찰하는데, 나이가 많으신 할머니임을 알 수 있겠더군요. 두 번째 당하는 일이라 죽기야 하겠느냐며 기다렸

습니다. 가만히 관찰만 하고 있으니 몸은 운신할 수 있었고 다시 일
어나 앉았습니다. 그 당시 관음암에는 전기는 들어오지 않았습니다.
경찰서에서 비상용으로 놔준 전화가 있었기에 도반 스님 수배를 해
보았으나 허탕입니다.

늦가을의 산중은 해가 짧습니다. 길은 험하고 법주사까지는 못해
도 세 시간은 걸릴 터입니다. 내게는 플래시도 없고, 더더욱 노파 귀
신이 방을 쓸고 닦고 다니는 곳에서 한밤을 같이 보낼 자신이 없었습
니다. 오후 다섯 시가 못 되어 나는 결정했습니다.

'가자! 내일 다시 오더라도 일단 가자!'

관음암 산길은 계단이 좁고 불규칙하여 등산 취객들이 가끔 사고를 당하는 길이기도 합니다. 금강휴게소를 지나 세심정쯤 내려오니 벌써 깜깜해져서 더듬거리며 한 발 한 발 내딛는데 무언가 물컹한 것을 밟았습니다. 놀래기도 놀래고 내리막길에 자칫 구를 뻔했습니다. 가만히 살펴보니 술 취해 길가에 대자로 누워버린 이는 아는 처사였습니다. 하루에 울분을 담아 발길질 한번 했습니다.

"아! 집에 가서 자!"

다음 날 아침 법주사 경내에서 사진 찍는 마을 아저씨들에게 어제 관음암에서 있었던 일을 이야기하였더니 내게 이런 이야기를 해주었습니다. 관음암 노스님께서는 육이오 전쟁이 끝나고 들어오셨고 할머니는 한 십 년쯤 뒤에 들어오셔서 시봉하시면서 평생을 사셨다 합니다. 얼마 전에 노스님께서 돌아가시고 뒤따라서 할머니도 돌아가셨다 하네요.

내 도반 스님은 그날 관음암에 올라오지 않으셨고, 탓해야 나만 시원치 않은 사람 될 듯하여 이 말 한마디만 하였습니다.

"노스님은 평생 닦은 것이 있어 자기 갈 길 갔지만, 할머니는 평생 도량 청소하고 부엌일에 매여 쉽게 가시지 못한 듯하니 올라가시거든 천도재라도 해드리면 좋을 듯합니다"

나무 극락 도사 아미타불!

스님의 선택

남자는 실력 있는 강력계 형사 박해일입니다. 잠이 부족하고 틈틈이 안약을 넣습니다. 여자는 한국어가 서툰 젊고 예쁜 중국 여인 탕웨이입니다.

여인의 남편은 산악인이고 바위산에서 추락하여 즉사합니다. 형사는 수사할수록 여자를 용의자로 수사 선상에 올려놓고 잠복근무까지 하며 살핍니다. 여자는 평소 나이 많은 남편에게 폭력을 많이 당한 듯합니다. 동정이 일어 바라볼수록 애틋한 정이 듭니다. 사리가 분명했던 형사는 이 사건을 실족사 무혐의로 덮습니다. 품위는 자부심에서 나온다고 평소 생각해왔던 자신이 붕괴하였다고 독백처럼 이야기합니다.

몇 년이 지나 남자는 안개의 도시, 이평이라는 곳에서 근무합니다.

살인 사건이 났습니다. 현장에 가보니 여인의 새로운 남편이 칼을 맞고 죽어 있습니다. 여인에게는 알리바이도 없고 여러 가지 혐의점이 많습니다. 애틋하면서도 답답한 이 남자는 여자에게 묻습니다.

"왜 하필이면 이곳에 왔고, 왜 그런 남자와 결혼하였느냐?"

여자는 대답합니다.

"달리 갈 곳이 없었다. 누군가와 헤어질 결심을 하려고요."

남자는 여자를 끌어안고 바라봅니다. 영화 〈닥터 지바고〉의 여주인공 유리의 비참한 말로에서 보여주는 눈물 일렁이는 눈망울과 너무나 닮았습니다.

나는 이 영화를 보면서 김승옥의 무진기행과 영화 미저리가 생각났습니다. 안개도시 무진과 곰팡내가 항상 맴도는 이평이라는 곳은 매우 흡사하나, 무진에서는 이 인물들이 답답한 도시를 나가려 애를 쓰고, 헤어질 결심에서는 여자탕웨이가 이 음습한 곳에 찾아 들어왔습니다. 미저리에서는 흠모하는 소설가를 자신만의 것으로 소유하려고 양다리를 부러트리는 행위가 집착이었다면, 탕웨이는 형사가 미결의 사건은 잊지 못하고 잠도 못 잔다는 사실을 알기에 헤어질 결심을 하였던 남자에게 잊히지 않기 위하여, 스스로 붉은 노을 깔리는 해변의 깊은 땅속으로 침잠합니다.

잔잔한 여운이 아주 오래가는 이 영화는 왜 박찬욱인가를 보여주는 영화였습니다.

나는 어떤 결심으로 살았던가, 라고 생각해 보니 그다지 결심을 많이 하지는 않은 것 같습니다. 출가의 결심, 선원 수좌로 살겠다는 결심, 그리고 가난을 받아들이겠다는 결심으로 살았습니다. 가난이란 결심을 한 뒤로는 해야 할 일과 하지 말아야 할 일이 선명하게 보였습니다. 나의 가난은 선택이었고, 그래서 품위일 수 있는 자부심이었다고 생각해 봅니다.

　올 한해는 다른 결심을 한 번 해보려 합니다.

4장.
큰 꽃을 피우는 우리는
바로 상가(Sangha) 입니다

지금의 화두 話頭

아무것도 모르고 덥석 받았습니다.

89년 말 법주사 강원을 졸업하면서 동기생 몇 분은 선방에 간다고 합니다. 왠지, 나도 가야만 할 것 같아서 조실이신 월산 큰스님에게 불국사로 찾아갔습니다.

조실스님에게 큰절 세 번 넙죽 하고서는

"큰스님 저 이번에 강원 졸업합니다. 그래서 선방에 가려 하는데 저 화두 좀 주셔요"

조실스님께서 저를 가만히 보시더니, 그래 자네가 부처님 경전을 4년 보았는데 무엇이 가장 궁금하더냐 하고 물으십니다. 가만 생각하여 보니 특별히 궁금하거나 답답한 것이 떠오르지 않습니다. 아마도 공부를 열심히 하지 않은 까닭일 것입니다.

"궁금한 것 잘 모르겠습니다."

조실스님께서 또 가만히 지켜보시더니

"그러면 '이 뭣고' 해라, 이_ 뭣고?"

밑도 끝도 없이 '이 뭣고'였습니다.

그해 동안거를 승보종찰 송광사에서 보냈는데 짐작도 할 수 없는 '이 뭣고' 하나로 한철 내 가슴팍에 무거운 돌절구를 하나 올려놓은 답답함으로 지냈습니다. 그다음 철도.

한 스무 해쯤 지나서였을까요? 조실스님께서 참으로 나에게 자비로우셨구나 하는 생각이 스치더군요. 화두의 생명은 간절함인데, 사람을 그렇게 답답하게 만들어놨으니, 나중에는 숨도 쉬기가 힘들 정도였습니다. 다행히 미치거나 죽지는 않았지요. 이 공부하는 사람은 죽기 아니면 까무러치기이지요. 용감해야 합니다.

젊은 날 확신 하나가 생겼는데, 글자 안에서 나의 인생 문제를 해결할 수 없다는 생각이었습니다. 선원에 사는 것이 자연스러운 이유였습니다. 그렇다고 책 보는 것을 싫어하지도 않습니다. 철학이나 종교가 뼈라고 한다면 문학과 예술은 살과 같아서 같이 조화를 이루어 뛰어가서 한번 보고 싶은 그 무엇이라고 생각했습니다.

누군가 지금 나에게 '스님! 화두 잘 됩니까?'라고 묻는다면 이렇게 말하겠습니다.

'열심히는 합니다.'

지금 나에 화두는 사회복지법인 연꽃마을입니다. 대한민국의 오대

복지법인 중 하나인 연꽃마을. 조금은 겸손을 떨어서 대한민국 5% 이내의 우수하고 청량한 연꽃마을. 한국불교의 자존심인 부처님 마을입니다.

엊그제는 익산의 돌 공장에 사제 스님들하고 다녀왔습니다. 우리 스님 연꽃탑이 반절 이상 진행되어 있었습니다. 생전의 스님처럼 둥글고 당당한 탑이 될 것입니다.

연꽃마을 사옥은 총 건평 200평으로 설계하였습니다. 실력 있는 설계사 두 분과 우리 직원들이 머리를 맞대고 생각합니다. 유월 말쯤 설계 마치고, 칠월에는 첫 삽을 뜰 수 있을 것 같습니다. 이 글을 보시는 분께 부탁 하나 드립니다

'비구 원상 화두 여일하게 도와주십시오.'

제가 살아보니 중노릇도 누군가의 협조가 필요합니다. 연꽃마을은 임들의 마지막 의지처가 되기도 할 것입니다.

연꽃탑

많이 늦어서 죄송합니다. 우리 스님 가신지 벌써 다섯 해가
다가옵니다.

처음에는 믿어지지 않았고 실감도 나지 않더니 다비식 때, 작은 초
가집만 한 장작의 더미에 누여진 스님의 발 자락에 누군가 '큰 스님!
불 들어갑니다. 어서 나오세요.' 라고 하며 기름 먹인 횃불을 집어넣
습니다. 그제야 울컥하며 저 아래 명치부터 무언가 솟구쳐 오르는데
목구멍에 걸려 소리는 나지 않고 눈물만 쉬지 않고 흘렀습니다.

올해 3월, 연꽃마을 대표이사로 취임하면서 창업주이신 덕산당 스
님의 부도와 법인사옥을 짓겠노라고 마음으로 다짐하며 대중 앞에
서 그렇게 약속했습니다. 다행히 많은 분의 적극적인 동참으로 연꽃
탑을 모셨습니다.

우리나라 화강암 중에 제일 좋다는 익산의 황등석(黃嶝石)을 다루

는 석장 중에서 명장이신 김옥수 명장께서 새로이 탑을 도안하여 처음부터 끝까지 역사에 남길 자세로 임하였습니다. 탑 안에 들어가는 사리함도 박광연 도자기 명장에게 의뢰하여 불가마에 사리함만을 위하여 작업하였고, 만약을 대비하여 모두 네 개의 순백의 백자 항아리로 준비했습니다. 대중의 의지를 모아 할 수 있는 한 최고로 모시고 싶었습니다.

스님에게는 품계가 있는데, 우리 스님은 종사의 품계였습니다. 사형제와 상의 끝에 대종사 품계를 내려 주십사 종단에 추서하였습니다. 법주사 주지 스님이 본사에서 추서를 올리고 총무원 각 부장 스님께서 애를 쓰시고 종단 법계 위원회를 열어 우리 스님의 행적과 노고를 치하하는 의미로 전례에 없던 대종사 품계를 추서 받았습니다. 총무원장 스님이 해외 출장 중이어서 대리로 조계종 복지재단 상임이사이신 보인 스님이 오셔서 대종사 가사와 품계증을 전달하여 주셨습니다. 가사와 대종사 품계증을 받아 연꽃탑 앞에 올려드리고 삼배하는데 '아! 이제 스님에게 작은 무엇이라도 해드렸구나'라는 생각이 들더군요.

연꽃탑 앞에서 사회복지법인 연꽃마을의 숙원 사업인 연꽃마을 사옥 기공식을 진행했습니다. 앞으로 이 사무실에서 연꽃마을의 백년대계를 설계할 것입니다. 기공식 이틀 전 우리 스님이 꿈에 나타나셨습니다. 환하게 허허허 웃으시면서 큼직한 바위에 앉아 계시었습니다. 나는 꿈속에서도 너무 반갑고 좋아서 계속, '스님! 이거 꿈 아니지요. 꿈 아니지요.'라면서 어린애처럼 매달렸습니다. 잠시 그렇게 계시던 스님은 '저쪽에 잠깐 다녀오마'라고 하시며 작은 집 사이로 사라지셨습니다.

연꽃탑은 부처님의 한량없는 자비와 지혜가 중생을 향하여 있음을 보여주는 의미입니다. 연꽃마을의 강령이 효의 사회화이고 또, 우리의 사명이 사회적 약자를 위하여 존재하는 법인이기에 탑과 연꽃마을, 평생 사회적 약자의 편에 서셨던 우리 스님의 사상과도 잘 매치가 되지 않았나 생각합니다.

급변하는 이 시대에 아름다우면서도 무겁게 앉아있는 연꽃 석탑은 연꽃마을의 정신을 잃지 않고 후대에 물려줄 것이라고 기대합니다. 모쪼록 연꽃에 힘을 실어 주셨던 많은 분에게 다시 한번 감사드리며 게으르지 않겠노라고 우리 연꽃마을 직원들과 함께 약속드립니다.

시들지 않는 연꽃이 되도록 노력하겠습니다.

보살이자, 효도 대행자

아주 오래전 이야기입니다. 하지만 아주 오래 갈 이야기입니다.

부처님이 입멸하시고 시간이 흐르면서 불교는 예전의 역동성을 서서히 잃어버리고 있었습니다. 승단은 자신들의 수행만을 고집하고 결집한 경전도 글자 안에 있는 뜻은 새기지 아니하고 글자로서만 새기려 하는 흐름이 곳곳에 생겨 답답했습니다. 이런 정형화되고 고체화하는 불교의 반동으로 대승불교 재가자를 중심으로 하는 새로운 불교 운동이 일어났습니다. 위로는 깨달음을 구하고, 아래로는 중생을 교화하는 보살의 수행 즉, '상구보리 하화중생(上求菩提下化衆生).' 이었습니다.

수행과 깨달음이라는 목표에 매달려 중생의 아픔을 돌보지 아니한 것에 대한 반동적 사상! 깨달음을 구하며 중생 구제를 함께하자! 이

것이 대승불교이고, 대승을 실천하는 이들이 보살입니다.

중생이 아파하는 곳에 부처님의 가르침이 있어야 할 곳이다. 사회적 약자와 누군가의 손길이 필요한 곳에 천 개의 눈이 되고 천 개의 손이 되어 그 아픔을 어루만지고 함께 할 것이다. 중생은 업의 힘으로 태동하고 보살은 원력으로 이 땅에 나타날지어다.

누군가의 행복과 안락을 위하여 희생과 헌신을 다 하겠노라. 그리하여 이 땅에 한 사람도 불행과 슬픔에 갇히지 아니하고, 안락과 평화를 이루겠노라. 이것이 보살들의 원력이고 그에 따른 실천이기도 하였습니다.

이 세상이 끝나도록 일체중생을 구제하겠습니다.

많은 사람이 이 대승불교 운동에 동참하고 이 보살 사상은 한 줄기 빛이고 역동적인 새로운 불교로서 주목받았습니다. 동체 대비의 대승불교는 푸른 바다의 물결처럼 중앙아시아와 중국으로 한반도를 거쳐 바다 건너 일본까지 인류의 희망 같은 밝은 사상이 어두운 곳에 불을 밝히듯 세계 곳곳으로 퍼져 갔습니다.

우리 연꽃마을은 이 시대 보살 운동을 하는 단체입니다. 누군가의 손길이 필요하면 손이 되고 발이 되어주는 시설입니다. 또, 자원봉사자 여러분과 후원자 분은 이러한 순수한 뜻에 동참해주는 마음 따뜻한 분들로서 보살이고 가브리엘입니다.

연꽃마을의 사명은 입적하신 창업자 덕산당 대종사께서 직접 쓰신 글입니다. 연꽃마을의 정체성을 바로 보여주는 글이지요. 그중에 효도 대행자라는 말이 있습니다. 노인복지의 선봉에 서 있는 연꽃이요, 보살이라는 말과 다르지 않습니다.

세상은 하루도 조용할 날이 없습니다. 어쩌면 금방 난리가 날 듯하여도 세상은 묵묵히 돌아가는 것은 뉴스가 될 것도 없는 이 땅의 수많은 보살과 천사가 있기 때문일 것입니다.

다사다난한 한 해가 저물어 갑니다. 연꽃마을에 종사하는 사회복지사 여러분 요양보호사 여러분, 시설을 지켜주는 많은 종사자 여러분 고맙습니다. 어린이집 원장과 보육교사, 장애인을 돌보시는 선생님, 학대 피해 아동을 돌보는 센터장과 선생님, 그대들이 이 시대 진정한 보살이고 천사이십니다.

그리고 우리 법인과 시설에 후원해주시는 자원봉사자 여러분과 후원자 분이 있으시기에 연꽃마을이 돌아갑니다. 일일이 찾아뵙고 감사하다는 말씀드리고 싶은 여러분께서야 말로 효도 대행자이시고 천수천안(千手千眼)이십니다.

세월 흘러도 옛날과 지금, 조금도 손상당하지 아니한 단어가 하나 있습니다. 사랑입니다. 우리 연꽃마을을 사랑합니다. 연꽃 가족 모두 동체 대비로 사랑합니다.

꽃을 피우는 상가 Sangha

상가는 인도말로서 우리식 표현으로는 승가라고 합니다. 또 승가는 스님이 무리 지어 사는 사회를 이름하며 본뜻은 화합 대중을 말함입니다. '왜 부처님 당시, 교단의 성격을 말해주는 이름을 승가라고 이름 붙였을까?'라는 의구심이 든 적이 있습니다.

부처님께서 제자들을 보고 항상 '화합해라', '화합해야 한다'라고 말씀하신 것은 반대로 화합이 잘되지 않았기에 그리하셨을 겁니다. 교단에 스님들은 출가하였지만 출신 성분이 다르고 나이도 다르고 출가 동기와 근기가 다른 사람들끼리 모여 살다 보면 삐걱거리는 소리에 집이 편한 날이 없기도 합니다.

저도 돌이켜 생각해보면 법주사 강원을 졸업하고 송광사 동안거 첫 철을 시작으로 선원을 다녔는데, 이 시절이 가장 어려웠던 시절이었다고 생각합니다. 강원 학인 시절에는 아무것도 모르니까 시키면 시키는 대로 했습니다. 그런데 날이 갈수록 부딪히는 일이 많아졌습니다. 그때는 상대방을 원망하고 비난하였지요. 시간이 오래 지나 돌아보니, 나의 아상(我相)이 자꾸 자라났기 때문인 것 같습니다.

대중처소에서 힘이 드니까 토굴에 들어 생활하였지요. 혼자 사니까 누구와 부딪힐 일은 많지 않았지만, 어느 날 누군가의 조언에 발끈하는 나 자신을 보면서 이것도 아닌데 라는 생각이 들더군요. 그래서 다시 대중처소에 다니기 시작했습니다. 우리네 아상이라는 것이 꼭 쥐의 이빨과 같아서 가만히 두면 자꾸 자라나 자신을 해치고 남도 해치는 생물과 같은 것입니다.

대중처소에 오래 살다 보니 부딪히지 않는 요령이 생겼습니다.

첫째는 말을 많이 하지 않는 것입니다.

구시화문(口是禍門)이라고, 재앙은 모두 입에서 나온다고 합니다.

둘째는 상대방의 이야기를 끝까지 들어 주는 것입니다.

사람은 누구나 말을 하고 싶어 하는 동물입니다. 말만 잘 들어줘도 떡이 생깁니다. 물론 그렇지 않은 사람도 있습니다. 그런 사람하고는 상종하지 않는 것이 상수입니다.

인간은 화합하기 힘든 구조를 가진 족속입니다. 커져만 가는 아상을 자신의 힘이나 자존심으로 착각하기에 그렇습니다. 집단과 집단도 마찬가지입니다. 노사 간의 화합, 정당 간의 화합을 들어본 기억이 별로 없습니다.

우리 연꽃마을 식구들은 올해는 화합의 한해로 맞이하였으면 합니다. 화합은 자신에 지성을 성장시키고, 상대방을 존중하는 그룹의 수행이기도 합니다. 옆자리에 웃는 사람이 있어야 나 자신도 시원스럽게 웃을 수 있습니다.

큰 꽃을 피우는 우리는 바로 상가(Sangha)입니다.

행동의 결과, 까르마 業

옷깃만 스쳐도 오백 생의 인연이라 하지요. 부부간의 만남은 원수가 만나 해원(解冤)하는 과정이라 합니다. 또, 부모와 자식 간의 만남은 전생의 빚쟁이를 만나 빚을 오랜 시간 나눠 갚는 사이라고 합니다. 이 모두는 인연을 소중히 여기며 우리들의 만남을 슬기롭게 이해하는 말씀이라고 생각합니다.

세상살이가 그냥 이루어진 것 없고, 어떤 원인으로 해서 결과를 낳습니다. 콩 심은 데 콩 나고, 팥 심은 데 팥 난다고 하지 않습니까?

까르마라는 말은 인도 말이지요. 우리말로는 '업'이라고 합니다. 업은 행위를 말합니다. 어떤 행위가 두껍게 쌓이면 업으로서 하나의 개체를 이루는 원인이지요. 농사를 지으면 농업이 되고, 물고기를 잡으면 수산업이요, 가축을 기르면 축산업입니다. 자신이 반복하는 행위로 그 사람을 정의합니다.

그런데 업에는 선업이 있고 악업이 있습니다. 같은 무술을 하여도 어떤 이는 깡패이고 어떤 이는 경찰입니다. 행위 이전에 마음의 방향이 다르기에 결과도 다릅니다.

　정신 영역에서 끝없이 묻는 근본적인 질문은 '나는 누구인가?'일 것입니다. 이 부분에서 정말 속 시원하게 대답한 사람은 별로 없습니다. 왜냐하면, 생각으로 내가 누구인가를 계속 궁구하다 보면 육체는 물질 덩어리이고, 정신과 생각이라는 것도 이 땅에 태어나 학습된 총체적인 모습일 뿐입니다.

　결국, 많은 재료와 인연이 모여서 '누구입니다.'라고 하는데, 재료와 인연을 본래 온 곳으로 모두 되돌려놓으면 '나'는 없습니다. 그러니 생각으로 자신을 규명하는 것은 한계가 있습니다.

　그래서 화두 하는 사람은 생각으로 궁구하지 않고, 말길도 끊어지고, 생각의 길도 끊어진 화두 하나 들고, 끝없이 궁구해 나가기도 하는 것입니다. 그런데 업으로 이해하면 더 쉽고 간명합니다. 부처님의 행을 하면 부처님이고 보살의 행을 하면 보살입니다. 또, 중생의 업으로 살면 중생이 되는 것입니다. 어떤 것도 결정된 것이 없습니다. 나의 행위가 어떤 결과를 가져올 뿐입니다. 부처님은 수많은 생 동안 윤회하면서 그중 오백 생 동안은 타인을 위한 삶, 곧 이타행의 보살행을 하셨다 합니다. 그 행위의 과보로 불과를 이루신 것입니다.

　이 세상은 아주 복잡다단합니다. 이 사회에서 직업이 만 가지가 넘

는다고 합니다. 그만큼 업이 다양하다는 뜻이기도 합니다. 이 세상에 같은 사람은 한 명도 없습니다. 한날한시에 태어난 쌍둥이도 분명 다릅니다. 업은 다양하게 다를 수 있으나 동기가 선하고 지혜로우면 결과도 좋을 것입니다.

　지금 사회 경제적인 구조를 자본주의라고 합니다. 자본주의 하나로만 본다면 탐욕을 정당화시킨다고 볼 수 있을 것입니다. 자본이 왕이니까 말입니다. 이 시대의 모든 사회 병리적 현상은 탐욕이 원인이라고 생각합니다. 언젠가 어느 목사님이 하신 말씀이 오래 기억에 남습니다.

"이 땅에 배고픈 사람들이 아직 남아있는 이유는 빵이 부족해서가 아닙니다. 우리의 나눔이 부족하기 때문입니다."

나는 나를 모릅니다. 어쩌면 본래 없는 허공의 꽃과 같을 수도 있습니다. 그런데 이렇게도 말할 수 있습니다.

연로하신 어르신을 가까이에서 모시고 장애인들과 함께하며 안타까운 처지의 아이들에게 따뜻한 부모가 되는 나는 '사회복지법인 연꽃마을의 복지사이며 요양보호사'라고 말입니다.

유쾌한 만남, 연대

세상의 일 중에서 가장 중한 것이 무엇일까요?

누가 뭐라 해도 나고 죽는 일입니다. 그래서인지 생일은 죽기 전까지 기념하고 축하해 줍니다. 또 죽은 날을 기념하는 기일은 자손이 살아 있는 동안은 어김없이 제사상을 차립니다. 그래서 생사대사(生死大事)라고 합니다. 나고, 죽는 일이 제일 큰일이라는 말이지요.

그렇습니다. 생사 앞에서는 어떤 일이고 간에 작은 일입니다. 사랑이 좋다 하나 죽음 앞에서는 망설여지고, 명예가 좋다 하나 죽음 앞에서는 개에게나 줄 일입니다. 아마도 그런 까닭에 메멘토 모리(Memento Mori)라는 라틴어가 있는데, '죽음을 기억하는 자'는 작은 명예나 물질, 자잘한 집착에서 벗어날 수 있다고 합니다.

'태어남'이란 자연 생명의 기적입니다. 로또의 기적 확률은 처음부터 비유할 거리가 되지 못합니다. 또, 종교적으로는 필연입니다. 꼭 태어나야만 할 숭고한 이유가 있는 것입니다. 그래서 생명은 그 무엇과도 바꿀 수 없는 것입니다.

죽음은 또 어떠할까요? 모든 태어남을 가능하게 하는 원천이지요. 죽음이 없었다 하면 태어남도 없는 것입니다. 불교적 사유에서 죽음은 마지막이 아닙니다. 이 공간에서 저 공간으로 이동하는 것이며, 이 시간에서 저 시간으로 이동하는 것입니다. 요즘 말로 표현한다면 플랫폼이라고 할 수 있습니다. 그래서 태어남과 죽음은 동전의 앞뒷면과 같습니다. 태어나지 않았다면 죽지도 않을 것이고, 죽지 않는다면 태어남도 없습니다.

나고 죽는 일이 무엇과 비유 할 수 없이 큰 이유가 될 것입니다. 어쩌면 행복한 삶이란 잘 태어나 잘 살다가 잘 죽는 것일 것입니다.

생사대사에 또, 큰일이 있다 하면 아마도 만남과 이별일 것입니다. 옛사람들의 축원 중에 귀인상봉(貴人相逢) 악인원리(惡人遠離)라는 말이 있는데 참으로 맞는 말씀입니다. 자식은 부모를 잘 만나는 것이 인생 삼 할의 성공이요, 부모 또한 그러합니다. 좋은 친구를 두었다는 것은 인생의 넉넉함과 지혜를 마련한 것입니다. 남녀 간의 만남은 설명이 따로 필요 없을 정도입니다. 누구를 만나느냐에 따라 인생의 성패로까지 연결될 수 있으니 조석으로 축원하는 이유는 차고도 남습니다.

엊그제 뉴스에 아파트 경비원께서 악인을 만나서 이유 없이 맞고 시달리다 끝내는 죽음을 선택하셨습니다. 많은 사람이 분노하고 애도하는데 정작 순박한 경비 아저씨를 죽음으로 몰고 간 당사자는 자신의 죄를 모릅니다. 악인은 어느 시대에나 분명히 있습니다. 또 어느 시대에나 그런 악인에게 시달리는 약자(弱者)가 있기 마련입니다.

개인의 폭력과 조직의 폭력이 있습니다. 또 더 거대한 사회의 폭력이 있습니다. 그런 폭력을 견제하고 제지하려고 우리는 그보다 더 큰 권력을 만들어 놓았습니다. 그것이 국가입니다. 국가는 권력에 순기능을 하는 집단이어야 합니다. 권력을 남용하면 모두에게 혼선을 주고 많은 피해자를 만듭니다. 그래서 대한민국 헌법에 국가의 모든 권력은 국민에게서 나온다고 명시해 놓은 것입니다. 국민이 주인이라는 뜻입니다.

얼마 전 불교방송국 지하 식당에서 김흥국 씨를 만났습니다. 사실은 올 초에 만나자고 약속을 했는데, 코로나 19 때문에 미뤄진 만남이었습니다.

얼굴은 구릿빛으로 건강해 보였고 웃는 모습은 어린아이의 천진한 모습을 감출 수 없었습니다. 세 시간이라는 시간이 짧을 정도로 만남은 유쾌하고 진지하였습니다.

이야기 중에 흥국사를 다닌다기에 어느 흥국사냐고 물었습니다. 대답 없이 웃기만 하시길래 재차 물었습니다.

"구파발 흥국사입니까? 아니면 남양주 흥국사?"

일행 중 한 분이 대화에 끼어듭니다.

"스님! 홍국 씨 아닙니까?"

아하! 재미난 뽕망치로 한 대 맞았습니다. 그런데 유쾌했습니다. 선승은 스님 하나하나가 법당이라고 생각합니다. 이 말에는 비슷한 예가 있습니다.

"스승은 큰 절의 주지승이었습니다. 주지승의 제자인 젊은 스님은 총무 스님이나 원주로 사는 것이 맞지 않았습니다. '장부가 출가한 뜻은 생사대사의 문제를 해결하는 것이다. 생사 문제를 해결하는 방법 하나는 최상승법인 참선을 하는 것이다'라고 생각한 젊은 스님은 제방(諸方)의 선지식을 찾아 정진하고 또 정진하였습니다. 그렇게 각고의 노력 끝에 성취가 있었고, 견처를 얻었습니다. 시간이 지나며 자신에 머리를 축발해주신 스승이 생각났습니다. 스승에게 자신이 얻은 법을 말씀드리고 싶어서 찾아갔으나 스승은 법에는 관심이 없고 잿밥에만 관심이 있으십니다. 하루는 스승이 목욕하시며 등을 밀라 하십니다. 평소에 영양이 좋으셔서 허연 등에 살집이 아주 좋습니다. 제자는 등을 꼼꼼하게 다 밀고서는 하얀 등을 탕탕 치면서 '호호법당(好好法堂)인대 불무영험(佛無靈驗)이요'라고 한마디 합니다. 법당은 크고 좋은데 부처는 영험이 없구나! 라는 뜻이지요"

이 일화 뒤로 스님은 육체의 몸을 법당에 비유하곤 합니다.

"김홍국 거사님! 법당이 탄탄하고 참 좋으십니다."

김 거사는 자신의 인생에 있어 몰두한 세 가지가 있는데, 하나는 불교요, 나머지 둘은 해병대와 축구라 합니다.

종교가 불교인 까닭은 어머니의 신앙을 그대로 물려받았고 생각과 행동이 다르지 않는 거사님은 여러 가지 포교 활동을 하였습니다. 첫 번째 한 일은 전국에 불자 가수를 모두 파악하여 최초로 불자 가수회를 창립하였고, 이것을 바탕으로 부처님 일하는데 헌신을 다 하였습니다. 최고 전성기 시절에도 불교 일이라면 제일 먼저 앞장서고 함께 하였습니다. 첫사랑 같았던 부처님을 향한 애모였을 겁니다.

해병대와 축구는 개인적이라 할 수 있으나 둘 다 단체 행동을 배워야 하는 집단이기도 합니다. 나는 중학교 때 야구를 좋아하여 야구선수가 되는 것이 꿈이었습니다. 동네 아이들을 데리고 다니면서 훈련도 하고 주말이면 타 동네와 시합하곤 했습니다. 나의 용돈은 모두 야구 장비를 사는데 지출하였습니다. 옛날 동대문야구장 뒤편에 운동 장비 상가가 있었는데, 저금통에 돈이 모이면 어슬렁거리며 그곳에서 배회하였던 생각이 납니다. 내게는 포지션마다 모든 장비가 있었습니다. 누군가 어릴 적 꿈 이야기를 할라치면 나도 지지 않고 한 이야기는 야구였고 하나는 만화방 주인이었습니다.

단체 운동이나 활동한 사람은 사람과 호흡하는 데 익숙해집니다. 더 나아가서 자신보다 자신이 속한 단체를 먼저 생각하는 버릇이 생깁니다. 옛글에 '일즉다(一卽多)요, 다즉일(多卽一)'이라는 말씀이 있습니다. 하나가 전부요 전부가 하나이다. 라는 뜻입니다.

비유하자면 집을 짓는 데 있어 서까래도 필요하고 기둥도 필요합니다. 이 많은 것을 모아서 집을 완성합니다. 서까래 하나를 부분이나 소모품으로 보지 않고 집을 완성하는 데 없어서는 안 될 하나의 전인적 성품으로 보는 것입니다. 사회를 완성하는 데, 한 개인은 국가와 같은 가치와 품격을 갖추었다는 뜻입니다. 서까래 하나는 하나의 부속이 아니라 집 자체입니다.

한 개인을 훼손한다면 국가가 사회를 훼손하는 것이요, 국가나 사회가 훼손당한다면 당연히 귀결적으로 하나의 개인도 훼손당합니다.

우리는 하나의 연대 속에 완성하고 있습니다. 국가는 개인에게 최선을 다하고 개인은 공동체에 역할을 다하여야 합니다. 김흥국 거사님은 제가 먼저 뵙자고 구애를 보냈습니다.

나는 연꽃마을 대표이사로 있으면서 우리 법인이 안타까운 것 중 하나는 대 사회적 홍보가 제대로 되지 않는 것입니다.

우리 법인은 칠십여 개의 시설에 이천이백 명이 넘는 직원이 종사하고 있으며 시설을 이용하는 이용자 수는 집계하기가 어려울 정도입니다. 또 각 시설은 정부의 평가로도 최우수가 다수이고 우수가 몇 군데 안 될 정도로 사회복지에서는 훌륭한 성과를 보임에도 홍보 부족으로 저평가되고 있음에 안타까움이 있습니다.

이 시대는 연대의 사회입니다. 개인이나 단체는 하나의 점일 수 있

습니다. 그러나 점과 점 사이를 선으로 연결하면 하나의 면이 나옵니다. 삼각형도 나오고 사각형도 나오고 별 모양도 나오겠지요. 우리가 MOU를 맺는 까닭도 연대하여 더 많은 시너지 효과를 내기 위함입니다. 융합의 시대라 하지 않습니까. 이것이 창조입니다.

홀로 있으면 고립하는 것이고 연대하면 나아가는 것입니다. 연대는 마음을 여는 데서부터 출발합니다. 강한 것이 살아남는 것이 아니고 고정하여 견딘다고 이루어지는 것이 아닙니다. 이 시대는 결국 변화하고 진화하여야 살아남고 그래야 더 좋은 서비스를 사회에 제공할 수 있습니다.

김흥국 거사님과 만남은 유쾌하였고 유익한 대화였습니다. 이 시대의 문화인답게 좋은 이야기를 많이 해주셨습니다. 불자 가수 김흥국 거사님의 건강과 건승을 기원하며 불보살님의 가호와 가피가 항상 하기를 기원하고 기도드립니다.

연꽃마을의 후원자 여러분 항상 고맙습니다. 여러분이 계셔서 저희가 사회적 보살을 자처하며 어르신과 장애우 그리고 학대 아동을 위하여 봉사하고 있습니다. 시대가 어려울수록 정신의 힘이 빛이 나는 것 같습니다. 물질의 세상에서 정신의 시대로 이동하는 것도 같습니다.

다가오는 부처님 오신 날을 맞이하여 우리 후원자님의 가내 두루 평안하시고 하시는 일 모두 원만 성취하시기를 항상 기도하겠습니다.

웅변을 위한 침묵, 경청 傾聽

코로나 19는 연꽃마을이라고 비껴가지 않습니다. 우리 시설은 노인복지시설과 아동복지시설, 장애인복지시설이 대다수인 관계로 더 관심과 관리가 필요합니다. 하여 처음 코로나가 발생한 이후로 각 시설의 시설장님과 사회복지사, 요양보호사 및 모든 직원이 지금까지 노력하고 있습니다. 저마다 자신의 위치에서 최선을 다하고 있어 아직 연꽃마을은 코로나 19의 침범을 막아낼 수 있었습니다.

법인 차원에서 추진하였던 연꽃마을 창립 30주년 행사와 더불어 준비했던 몇 개의 프로젝트도 축소 내지는 연기를 결정한 상황입니다. 나는 각 시설의 노고 격려 차원에서 또, 현황과 향후의 대비책을 현장에서 듣고자 각 시설을 칠월 초부터 방문하고 있습니다.

그 첫 번째 방문지는 경기도 연천에 있는 '연천군 노인복지관'이었습니다.

복지관에 들러 시설장과 직원을 만나 수고에 대한 감사와 위무를 하고 연천 군수이신 김광철 님을 군수실에서 만났습니다. 가볍게 인사하고 차로 내온 시원한 오미자차는 한낮의 더위를 가시게 했습니다.

군수님의 목소리는 따스하고 아나운서 같은 친근감이 있었습니다. 이런저런 이야기 하다가 군수님께서 산사에 오래 계신 스님이신데 좋은 말씀을 청했습니다. 저는 사실 말을 많이 하는 것 보다 듣는 것에 익숙한 사람이어서 이럴 때는 조금 부끄러움이 있습니다.

그런데 군수님 책상 뒷벽에 한문으로 '경청'이라 쓴 액자가 겸손한 크기로 걸려있습니다, 그래서 이렇게 말씀드렸습니다.

"경청이라는 글자 하나에 군수님의 겸손함이 담뿍 들어있는데, 제가 무슨 말을 더 늘어놓는다면 아마도 사족(蛇足) 밖에 될 것 같지 않습니다."

더는 무모한 덕담은 하지 않았습니다. 처음 만났지만, 상대에게 친밀한 군수님의 모습이 낯설지 않았습니다. 연천 군수님은 연천군에서 주도하여 유네스코에서 임진강 전 지역이 생물권 보존지역으로 지정받은 것을 말씀하시며 모든 공을 군청의 담당 직원에게 돌리시더군요. 의례적인 것이 아닌 진실함이 보였습니다. 연천군은 좋은 군수님과 능력 있는 공무원들이 계셔서 코로나 19도 쉬이 이겨나가고 있었습니다.

오래전 미국의 대통령이 기자의 질문을 받았습니다.

"대통령께서는 어떻게 그리 연설을 잘하십니까?"

대통령은 이렇게 대답을 하였답니다.

"내가 연설을 할 때 한 시간 정도 연설이면 한 시간 정도 생각을 합니다. 삼십 분 정도 연설이면 두 시간 정도를 생각하고 오 분에서 십분 사이의 연설문이면 세 시간 이상 고민을 합니다."

오래전 선원에서 허리를 다쳐 강남 봉은사에서 머물며 치료를 받은 적이 있는데 공으로 밥을 얻어먹을 수 없기에 지장전에서 기도한 적이 있습니다. 이따금 기도 끝에 오 분 남짓 이야기를 하곤 했지요. 신도님들은 나에게 오 분 법문의 대가라는 과분한 별칭을 달아 주셨습니다.

"스님! 어쩜, 그렇게 짧은 시간에 요점을 알아듣기 쉽게 말씀하시나요?"

그냥 별말 없이 엷은 웃음으로 대답을 대신하고는 하였는데, 실상은 오 분을 위해서 다섯 시간 이상 고민을 하고 또, 고민한 것입니다. 타고난 사람이 세상에 몇이나 되겠습니까? 저마다 고민하고 애쓴 결과물이라고 생각합니다.

좋은 연설은 나의 이야기를 들어주는 사람을 먼저 생각하고 말씀을 경청하는 것이 우선이어야 한다고 생각합니다. 좋은 연설은 경청에서부터 시작하는 것이지요. 오래전 고건 전 서울시장의 말씀을 지금도 기억합니다.

시청에 많은 민원인이 오시는데 당신은 아무리 바빠도 최대한 그 분들의 말씀을 경청하신답니다. 그렇게 정성껏 이야기를 들어주면 오해는 오해대로 풀리고 서로의 처지를 생각하게 되기에 민원이 쉽게 풀릴 때가 있다고 하시더군요.

경청은 자기 수양의 한 모습입니다. 누구나 듣는 것보다는 자기 생각을 상대에게 이해시키고 각인하려는 의지가 강합니다. 상대의 이야기가 거슬리고 틀리다 하여도 끝까지 들어주는 것은 인내의 소치이기도 합니다.

간혹 말을 더 많이 하면 자신이 조금 더 나아 보이는 것으로 착각하는 사람이 있는데 그것은 그야말로 착각입니다. 작고하신 피천득 선생님 말씀대로 한다면 '수도꼭지 틀어놓은 것처럼 말을 쏟아낸다면 옆에 있는 사람이 얼마나 피곤하겠느냐…' 아는 선배 스님의 별명이 고장 난 스피커라는 분이 계신 데 한편으로 유머러스하기까지 합니다.

나는 백일 묵언을 이십 대 중반에 그리고 삼십 대 초반에 한 적이 있습니다. 이십 대 중반에 묵언할 때는 묵언패를 달고서 하였습니다. 큰 목적은 없었고 안 해본 거라 생각 없이 해봤습니다. 모르는 분은 내가 묵언을 한다니까 높게 보기도 하고 걱정도 하시었습니다. 내막은 그렇지 않았습니다. 한 일주일 정도 말을 안 하다 보면 나 자신도 초짜라 '이러다 말을 아예 못하면 어쩌지?' 하는 기우에 사람 없는 자리를 찾아가서 조용조용 노래를 불러보았지요. 백일을 하기는 했으나 조금은 민망한 얄팍함이 있었습니다.

두 번째 묵언은 주지하면서 묵언을 하였는데 묵언의 이유는 전 주지 스님이 한약을 짓는다고 하며 약장사를 하여 신도님들에게 원성이 컸습니다.

사실 나는 그 스님을 본 적이 없는데, 오시는 신도님마다 그 스님에 관해 이야기를 하는 것입니다. 그때마다 대답하기도 뭐하고 듣기도 뭐해서 차라리 내가 입을 닫자 하고 시작한 것입니다. 어쩌면 면피성 묵언이었습니다.

묵언 두 달이 넘어가면 어금니 쪽이 아프기 시작하는데 어느 때는 밥을 못 먹을 지경이었습니다. 포도밭을 하시는 총무 보살님이 오셨기에 글로 써서 사정 이야기를 하였더니 하시는 말씀 왈 혹시 풍치일 수도 있다고 한번 병원에 가보시라 하더군요. 그래서 며칠 뒤 치과에 갔더니 원장님께서 하시는 말씀이 풍치라고 합니다.

그렇게 약도 지어주셨는데 지금 기억으로 별 차도는 없었던 것 같습니다. 묵언이 마음에서 우러나와 마음을 다스리고 말을 다스려야 하는데, 마음은 원숭이처럼 가만히 있지를 못하게 사슬을 채워놓은 것처럼 셔터 마우스 하니 몸이 스트레스를 받은 것입니다.

말을 할 때 받는 충격이 1이라 한다면 말을 못 하는 스트레스는 3도 되고 4도 됩니다. 내가 겪어봐서 압니다. 백일 묵언을 풀고 일주일도 채 안 되어 풍치는 깨끗이 사라졌습니다. 좋은 말로 하면 나의 풍치는 마음의 병이었던 겁니다.

또, 그 나이 때에 생식하는 도중 화가 한번 치밀어 병이 났는데, 기운이 모두 어디로 달아났는지 힘이 하나도 없어 작대기에 의지하여 산을 몹시 어렵게 내려온 기억이 있습니다.

동의보감 첫 장에 심자일신지주(心者一身之主)즉, '마음이 몸뚱어리의 주인이다.'라는 뜻인데 참으로 맞는 말씀입니다. 마음 다스릴 생각은 아니 하고 몸만 묶어 놓으려 하니 몸이 반항한 것 같습니다.

그래도 두 번의 묵언을 통해서 느낀 것이 있다면, '참! 안 해도 될 이야기를 많이 하고 살았구나'라고 하는 자기반성입니다. 그 뒤로 나는 말하는 데에 조금은 바뀐 것 같습니다. 무슨 말인가 하려하다 주저하고 말에 대한 믿음성이 떨어져, 될 수 있으면 듣는 것으로 만족할 때가 있습니다. 때에 따라서는 말을 하기도 하는데 아주 신명 나서 하는 이야기는 아닙니다.

좋은 배우는 그 배역에 따라서 철저하게 몰두하는데 그런 배우를 명배우라고 합니다. 그런 의미에서 나는 좋은 배우는 아닌 것 같습니다. 경청이라는 하나의 단어에서 나는 또 나의 삶을 돌아봅니다. 사실, 경청은 좋은 연설의 기초입니다. 침묵이 웅변을 위한 침묵인 것처럼 말입니다.

생각은 생각을 낳고

세상은 생로병사의 현장입니다. 체감은 관계가 깊을수록 더욱 합니다. 지난 초파일 전에 아는 신도분에게 전화가 왔습니다.

"스님! 초파일 등을 켜주세요."

목소리는 그전에 통화했을 때 보다 더 거칠고 숨이 가파릅니다.

"예. 보살님!"

듣고 있는 나 자신도 숨이 밭아 안쓰러움이 가득합니다.

처음에는 석수장이인 처사님이 진폐 진단을 받았습니다. 먹고살기 어려운 젊은 시절에 돌 다루는 일을 배웠습니다. 돌 일은 요즘 말로 극한직업입니다. 뜨거운 태양 아래 귀청을 찢는 듯한 소음과 하얗게 일어나는 돌가루를 쉼 없이 마셔야만 하지요. 몇 년 뒤 석수장이 마나님인 보살님도 진폐가 왔습니다. 석수명장이신 거사님은 단양 사찰에 삼층 석탑을 조성할 때 인연을 맺었습니다. 보살님은 가끔 총각

김치며 갓김치를 담아 오셔서, 정말 맛나게 먹은 게 시작입니다.

연꽃마을 소임을 맡고서 연꽃마을 창업주이신 덕산당 각현 대종사님의 부도를 어떻게 조성할까 고민에 고민하였습니다. 탑이며 부도며 실재 제작을 오래 하신 거사님이 생각이나 전화를 드리고, 며칠 뒤 혼자서 익산 공장을 방문했습니다. 보물이며 국보를 모아놓은 두툼한 도감 두 권을 모두 보았으나, 판단이 서지 않았습니다.

거사님은 자신이 직접 도안한 연꽃탑의 도안과 칠분의 일로 축소한 탑을 보여주십니다. 저는 한눈에 마음에 들었습니다.

"이 탑은 꼭 제가 하고 싶습니다. 큰 스님 생전에 제가 신세를 많이 졌습니다."

날을 다시 잡고 사형제와 익산 공장을 방문하고 그 자리에서 결정하였습니다. 법인사옥 앞의 연꽃탑이 바로 그 탑입니다.

두 내외는 다른 병원에 각기 입원해 있습니다. 호흡기를 썼다, 벗었다 할 정도로 좋은 편은 아닙니다. 죽음에 관한 생각이 자꾸 일어서 괴롭다 하십니다.

"보살님! 염주를 자꾸 돌리세요. 다른 생각 일어나기 전에 염주 한 알 돌리며 관세음보살을 염하세요. 생각이 잦아들면 호흡도 잦아들고 호흡이 잦아든 만큼 마음도 순일해집니다."

며칠 뒤 보살님에게 문자가 하나 왔습니다.

"스님! 한결 편안해진 것 같습니다."

생각은 생각을 낳습니다. 보살님의 문자 한 통은 어쩌면 나를 배려한 문자가 아닐까 하는 생각이 듭니다. 모두, 삶이 다 하는 날까지 많이 아프지 마시고, 건강하게 사시다 가실 때에는 가을날 소슬바람 이는 것처럼 문득 미련 없이 그렇게들 가셨으면 합니다.

만년을 하루 같이 살아가기를

엊그제 점심 무렵, 요양원 식당에 식사하려고 들어서는데, 중앙 식탁에 곱디고운 분홍 진달래가 한 아름 화병에 서 있습니다. 보는 순간, 식당에 서 있는 꽃은 나를 무장해제 시키었습니다. 창밖에 한참인 작은 꽃동산 같은 벚꽃의 무리를 두고도 실내에 들어선 진달래에 기분이 들뜨고 가슴 설렙니다.

아마도 예쁜 마음씨의 요양보호사님이 혼자 보기 아까워 식당과 어르신들에게 꽃 선물을 한 듯합니다. 나는 문득 맑은 얼굴의 조리사님에게 이렇게 말을 건넸습니다.

"웬일인지 아이들을 보거나 꽃을 보면 별 이유 없이 기분이 좋아집니다."

"맞아요. 스님!"

이내 돌아선 조리사님은 허밍으로 어떤 노래를 부르기 시작합니다. 조리사님은 하얀 가운 입은 제천 소녀의 꽃으로 피어났습니다. 아이들과 꽃은 순수하고 아름다워서 보는 이의 마음마저 좋은 파장을 일으키는 모양입니다.

좋은 파장은 좋은 인연을 만들기에 좋을 것이고 반대로 안 좋은 파장은 피해가야 할 것입니다. 세상살이는 어차피 주고받는 것이 일상이라고 생각할 때 내가 먼저 좋은 인연이 되어야겠다고 한 번쯤 생각해보는 것이 현명한 처사라고 생각합니다. 스스로 짓고 스스로 받는다고 하지 않습니까.

지금은 피어 만발한 봄 가운데 서 있지만 불과 몇 주 전에 이 겨울 보내는 것이 아쉬워 강원도 인제군 원대리 자작나무 숲과 곰배령 계곡을 거슬러 올라갔습니다. 그리고 차가운 모래바람 이는 화진포 앞바다에 우두커니 오래도록 서 있다가 돌아왔습니다. 또, 한 계절을 보낸다는 생각에 길만 따라 다녀왔습니다.

옛날 어느 선사 말씀이 '인생은 어느 낯선 여인숙에서의 하룻밤이다.'라고 하셨습니다. 아쉬워도 보내야 하고 잡을 수도 없는 것이 세상살이의 이치이기도 합니다.

"낯선 여인숙에서의 하룻밤!"

짧고 굵은 이야기입니다.

잠시 머물다가 떠나고 다시 또 머물다 자리를 털고 일어납니다.

알 수 없는 내일의 일은 애초 고민 않는 것이 최고의 해결책인데 쉽지 않은 일입니다. 하루살이는 하루 살아서 걱정 없을 거로 생각하겠지만, 그 중생도 만년의 걱정을 하루 만에 할지도 모를 일입니다.

스스로 여행자라고 생각하면 만년 같은 하룻밤 고민은 덜 수도 있을 겁니다. 우리네 고민의 시작은 가져갈 수 없는 것들에 집착 하는 데서부터 시작합니다.

여행자의 마음으로 머물면서 만년을 하루 같이 살길 기도합니다.

메리 크리스마스

초파일 전에 밭에 심을 고추 모종과 상추씨 등을 사려고 죽산 읍내에 나갔습니다. 읍내에 들어서는데 '부처님오신날을 축하드립니다'라는 현수막을 죽산성당 교우회 일동이 걸어 놓았습니다. 몇 발자국 뒤에 칠장사에서 내건 부처님오신날 현수막이 걸려있습니다.

문득 드는 생각이 칠장사 스님과 성당 식구가 좋은 관계를 맺고 있구나 하는 생각에 내심 흐뭇하였습니다.

오래전 토굴 살이 할 때 햇살 좋은 날, 한 수녀님과 자매님 세분이 올라오셨습니다. 이런저런 이야기를 하다가 수녀님이 스님은 아주 젊어 보이신다, 하고 나는 또 먹을 만큼 먹었다, 라고 하며 옥신각신 하다가

"좋습니다! 그럼 민증을 서로 보여줍시다."

방에 들어가서 주민등록증을 갖고 나왔습니다. 서로 민증을 확인

하는데 내가 스물아홉이었고 오딜리아 수녀님이 서른한 살이었습니다. 괜히 민증 보자고 했습니다.

그해 겨울 나는 묵언 중이었는데, 수녀님과 세 자매님이 올라오셨고 내가 말을 하지 않고 있으니까 자꾸 약을 올립니다. 그날 눈이 소복이 내리자 눈 뭉치를 만들어 나를 도발합니다. 그들은 내가 소싯적 야구선수가 꿈이었다는 사실을 몰랐습니다.

중학교 삼 학년 때 너무 야구가 하고 싶어서 야구부가 있는 학교에 가서 코치님에게 간청하여 테스트를 받았습니다. 코치님이 나를 가만히 보시더니

"내가 너를 보니까 공부는 잘하게 생겼다. 집에 가서 열심히 공부하는 게 좋을 것 같다"

사실 나는 학창시절 내내 반에서 둘째 자리 이상을 넘어 본 적이 없는 체격이었습니다. 내 인생에 첫 번째 패배의 쓴잔을 들었습니다.

사 대 일의 눈싸움이었지만 네 명 다 결딴났습니다. 그래도 수녀님에게는 자제하고 있었는데 뭘 믿고 자꾸 도발하였는지, 눈뭉치를 던졌는데 잽싸게 피한다고 하다가 얼굴에 정통으로 맞았습니다. 금테 안경이 찌그러지고, 쭈그려 앉아서 안경을 살피는데 괜스레 미안하더군요. 미안하기에 작은 눈덩이를 만들어 목 뒤 등에 넣어드렸습니다. 그해 크리스마스 때, 귤 한 박스랑 '성탄을 축하드립니다'라는 연하장을 성당에 보시하였습니다.

이 세상은 거대한 조직과 같습니다. 조직은 화합이 근본이고 화합은 존중과 배려에서 나오는 신뢰입니다. 종교는 최고의 형이상학입니다. 그만큼 품격을 갖추어야 할 것입니다.

올해 크리스마스 때는 '예수님 오신 날을 축하드립니다'라는 현수막을 한 장 걸어야겠습니다.

"메리 크리스마스입니다."

국제 연꽃마을

베트남 전쟁이 있었습니다. 국제 정치 정세에 따라 미국은 남쪽 베트남을 지원하며 참전한 전쟁이었습니다. 쉽게 끝나리라고 생각한 전쟁은 팔 년을 끌다가 결국, 미국은 패전하여 철수했습니다. 그 과정 중에 우리 한국군도 미국을 도와 참전하였지요. 전투 중에 군인뿐만 아니라 많은 민간인이 80여 곳에서 학살당하였습니다. 그 현장 곳곳에 증오비가 세워졌습니다.

"하늘을 찌를 죄악, 만대에 기억하라"

덕산당 대종사께서 국제 연꽃마을은 창업하셨습니다. 베트남과 한국군의 뼈저린 과거 실상을 보시고, 양 국민의 화해와 국가 간의 선린외교에 조그만 초석이라도 놓으시려는 원력으로 출발하였지요.

베트남 정부에서 꽝남성 탐키시 안푸현에 약 25,000평을 무상으로 기증하였고 이곳에 어린이집과 직업훈련원, 한국어 학당을 연꽃마을에서 2011년부터 설립하여 지원 운영하고 있습니다. 매년 가정 형편이 어려운 학생 100명을 선발하여 장학금을 지급하고, 난치병 어린이들을 위하여 도움을 주고 있으며 유학생을 선발하여 한국에서 교육사업을 진행하고 있습니다.

대한불교 조계종 복지재단 대표이사이신 보인 스님께서 저희 베트남 국제 연꽃마을에 들러 연수를 했으면 좋겠다고 하시어 6월 2일에서 6일까지 3박 5일 동안 동행하였습니다. 조계종 복지재단의 팀장들, 시설협의회 회장이신 법일 스님과 종단 종책협의회인 금강회 스님들과 종회 의장 정문 스님 등 사십여 명이 함께하였습니다.

저희 쪽에서는 국제 연꽃마을 회장이신 조당호 회장님과 이강희 법인장, 사무총장 김기태 관장이 참석하였습니다. 참석하신 대중이 장학금과 선물을 준비하였고 탐키시 시청회관에서 35회 장학금을 100명의 학생에게 직접 전달하고, 탐키시에서 준비한 감사패를 회장스님들이 받았습니다.

국제 연꽃마을 시설을 탐방하고 어린이집 어린이들의 재롱잔치와 선생님들의 노랫소리에 다 같이 손뼉 치고 즐거웠습니다. 베트남은 사회주의 국가여서 호찌민 선생 외에는 흉상을 세우지 않는데, 창업주 스님을 그들도 존경하여 저희 스님 흉상을 정부에서 직접 세워주었습니다. 창업주 스님의 원력과 그 결실이 드러나는 결과라고 할 수 있을 것입니다.

　이번 연수에 참여하신 모든 스님과 관장님 그리고 팀장들도 다 같이 가슴 뭉클하고 감격스러운 현장이었습니다. 창업주 스님과 국제연꽃마을의 노고에 감사드린다는 말을 거듭 들었습니다. 감사하고 감사할 따름입니다.

　마지막으로 드릴 말씀은 베트남 정부에서 한국형 요양원을 지어달라는 부탁이 있었고 우리는 베트남에 한국 사찰이 없는 것 같은데 그 요양원 옆에 한국 사찰을 지으면 어떻겠냐 역제의하였고, 베트남 정부로부터 허가를 받아내었습니다. 사회주의 국가에서 이런 일은 극히 이례적이고 파격적인 일이라 들었습니다.

이념과 민족을 뛰어넘어 한 종교인의 원력과 국제 연꽃마을 이사님과 후원자님 그리고 많은 자원봉사자님의 땀에 결실이 맺혀지는 것이라고 소승은 생각합니다. 대한불교조계종에서도 연꽃마을을 재평가해야 한다는 논의가 있는 것으로 아는데, 이 또한 감사할 따름입니다.

2005년서부터 지금까지 무소의 뿔처럼 뚜벅뚜벅 걸어온 국제 연꽃마을을 지금처럼 지켜봐 주시고 응원하여주시길 바라마지 않습니다. 사회복지법인 연꽃마을 이사장 황산 원상 합장합니다.

아이를 닮은 할아버지

올 초에 아는 스님의 소개로 칠십 대 중반의 할아버님이 우리 요양원에 입소하셨습니다. 전라도 어느 암자에서 오래도록 계시다가 암자의 노스님께서 입적하셔서 부득이 오신 경우입니다. 나이는 할아버지이시나 지능으로는 어린아이쯤 된다고 미리 통보받았습니다.

처음에 오셔서는 집에 갈 거라고 울고불고 통 적응하지 못하셨습니다. 그래도 국장님이나 원장님이 자상하셔서 시장에 모시고 가서 인형을 사주고 짜장면도 사주면서 눈물 바람도 점차 잦아들었습니다.

어제는 식당에서 공양하고 나오는데, 간호사님은 칭얼대는 할아버지를 달래고 있길래 왜 그러냐고 물으니, 국장님이 휴무라 출근하지 않으시니 엄마 잃은 아이처럼 이렇게 운다고 합니다.

어느 날 할아버지가 아침 공양을 안 하고 있으면, 우리 조리사님이

277

세게 방문을 두드립니다.

"아~, 밥 잡숴! 밥 먹으라니까"

"안 먹어!"

"밥 먹으라니까? 어서!"

조리사님의 목소리가 더 커집니다. 그제야 '알았어!'라고 하며 나오십니다.

나는 공양하면서 두 사람의 아침밥 때문에 실랑이하는 것을 들으면서 어릴 때 우리 집의 어떤 풍경하고 너무나 닮아서 속으로 웃음을 삭일 때가 종종 있습니다.

조리사님하고 정이 많이 들어서 콩나물이나 나물을 다듬을 때면 할아버지는 자청해서 한 손을 더하십니다. 도우면서 한마디 꼭 하십니다. 전라도 사투리로 '아줌마 된께'라고 하며 주름 깊은 얼굴에 '히히' 하는 아이의 웃음 짓습니다. 웃음이 박한 우리 조리사님도 '아줌마 된께' 라는 소리에 얼굴에 엷은 미소를 따라서 짓습니다. 이 광경을 지켜보면서 나는 이런 것이 사는 모습이 아니겠느냐고 생각합니다.

봄에는 요양원 뒷산에 머위밭이 있는데, 어떻게 그걸 아시고 머위를 한 아름 따오셔서 요양원 식구들이 머위 포식을 하였습니다. 다들 머위 쌈을 잘 먹으니, 다음날도 그다음 날도 머위가 없어질 때까지 몇 날 동안 머위를 날랐지요. 나도 평생 머위를 그렇게 달아서 연일 먹기는 처음이었습니다. 이제야 쌉싸름한 머위에 맛을 알았다고나

할까요.

요 며칠 전부터 내가 아침 공양을 하고 있으면 아이 같은 할아버지가 쟁반에다가 물 한 컵 떠다 줍니다. '고맙습니다'라고 인사하면, 씩 웃으며 '예'라고 하며 가십니다.

정신 나이는 어린아이인데 육체 나이는 칠십 대 중반이어서 그 나이의 병고 또한 수반하니 이 무슨 어지러움인가 모르겠습니다. 아니면 엄마처럼 따르는 이은화 국장 따라 병원 들러서 짜장면 한 그릇 하고 돌아오는 것을 즐기는 자기 나름의 생활 지혜가 아닌지요.

이제는 새 식구가 아닌 한 식구가 되어버린 할아버님이 우리 곁에서 오래도록 건강하게 사셨으면 하는 바람입니다.

달빛에 물든 33년

옛말에 십 년이면 강산도 변한다고 하였는데 이제는 말 그대로 옛말이 되었습니다. 그만큼 변화의 속도가 빨라졌다는 이야기일 것입니다. 오래가는 것은 그만의 철학이 있고, 문화가 있고, 실효성 있는 것들일 것입니다.

사회복지법인 연꽃마을은 1989년에 시작하여 한국 사회복지를 선도하게 되었고 한국불교로 봐서는 현대 사회복지의 효시이며 현대적 방향성을 제시한 본보기이기도 하였습니다. 삼십삼 년이 짧다면 짧다고 할 수 있겠지만, 빈터에 기초를 닦고 현대적 시스템을 도입하여 이제는 2800여 명의 연꽃마을 종사원이 66개의 시설에서 사회적 서비스(아동, 청소년, 장애인, 노인, 노인 일자리 사업)를 제공하는 것은 연꽃마을의 역량이고, 뚝심이기도 하며 사회적 약자를 위한 후원자님의 정성과 자원봉사자님의 보살행이 합쳐진 값진 놀라운 결과라 할 수 있을 것입니다.

당송팔대가 중 한 사람인 왕안석은 이런 말을 하였다 합니다.

"사실은 햇살에 바래면 역사가 되고 달빛에 물들면 신화가 된다."

저는 이 말뜻을 이렇게 이해합니다.

햇살에 바래면 역사가 된다는 것은 오래되었다고 무엇이나 문화재가 되는 것이 아니듯이 그 자체의 깊은 의미와 뚜렷한 가치가 있는 것이 역사가 된다는 것이고, 달빛에 물들면 신화가 된다는 것은 그 역사적 가치에 더하여 인간의 감흥과 정서가 많은 사람에게 자연스럽게 물들었을 때 신화가 되지 않을까 합니다.

외람되지만 사회복지법인 연꽃마을은 이미 역사의 한 페이지를 장식하고 있습니다. 이번 10월 13일 용인시청 국제회의장에서 연꽃마을 국제 학술세미나를 개최했습니다. 지난 33년 동안 연꽃마을이 걸어왔던 길을 되돌아보고 다시 한번 우리에 정체성을 점검하고 앞으로 미래의 계획에 대해서 점고했지요. 그와 더불어 창업주 故 김각현 대종사님의 복지 보살의 삶에 대해서도 재조명하는 시간을 가졌습니다.

불법에서는 생사대사(生死大事)라 하여 나고 죽는 일이 가장 크다 하였습니다. 사회복지라는 것은 이 생사대사에 깊게 개입하는 일이고 인간에 생명과 존엄을 가장 큰 가치로 보는 행동 가치라 하겠습니다.

33주년을 기념하면서 더 단단히 조금 더 새롭게 가려는 가치를 정립할 것입니다. 연꽃마을은 많은 분의 십시일반 보시와 높은 관심 속에서 자라난 사회복지법인입니다. 그 고귀한 정성과 뜻 잊지 않고 무소의 뿔처럼 처음 마음처럼 걸어갈 것을 사회복지법인 연꽃마을 전직원을 대표하여 다짐에 말씀을 드립니다.

기부자 giver

나는 한국인의 정서와 그 피에 흐르는 DNA를 가장 정확하게 이해했던 사람이 돌아가신 故 이어령 선생님이라고 생각합니다.

그분의 글 중에 이런 말이 있습니다.

"우리나라는 무수한 외침을 받고도 살아남았는데, 그것은 높다란 성(城)이 있어 그것으로 방패로 삼아 지킨 것이 아니라 집 앞에 얼기설기 엮어놓은 싸리문이 지킨 것이다."

전쟁이 나고 전세가 불리하면 왕과 그 주위에 권력자는 먼저 도망가기 바쁘고 담장이라고도 할 수 없는 싸리문으로 사는 가난한 민초가 자신의 마을과 나라를 목숨으로 지켰다는 것입니다. 그것은 가족 사랑이고 이웃의 끈끈한 정이 모여, 험한 세월을 가파르게 넘어왔던 것입니다.

물질문명이 하루가 다르게 발전하여 편리함을 가져오지만, 행복을 담보하지는 않는다는 것을 우리는 몸으로 체득하고 있습니다. 나는 어릴 때 자라면서 동네 아주머니는 모두 이모였고 아저씨는 삼촌이 라고 불렀습니다. 동네에 잔치나 애경사는 모두 자기 일처럼 같이 나 누었습니다.

아프리카나 또는 다른 곳에서 기근으로 기아가 발생하여도 사람이 죽는 일은 많지 않았는데, 아사자가 속출하는 것은 마을의 공동체 가 파괴하면서부터 벌어진 일이라고, 어느 사회학자의 논평을 본 적 이 있습니다. 마을 공동체 품앗이와 두레 이런 풍습은 정신문명의 일환이었고 故 이어령 선생님의 말씀대로 우리의 싸리문이었던 것 입니다.

불교에서는 이 세계를 유기적 공동체로 보았습니다. 그것이 연기 론입니다. 이것이 있어 저것이 있고, 저것이 있어 이것이 있다는 것 입니다. 중생이 아프기에 내가 아프다는 유마거사의 말씀은 단적으 로 이 세상이 유기적 공동체임을 천명하는 것으로 생각합니다. 이슬 람 사상에 다섯 기둥 중 하나가, '배고픈 이웃을 두지 말라'는 말씀 또한 그렇게 이해하고, 신의 다른 이름이 사랑이라는 예수님의 말씀 또한 이와 같다고 생각합니다.

나는 이 시대의 진정한 기부자(giver)는 자원봉사자님과 후원자님 이라 생각합니다. 이분들이 이타자리(利他自利), 타인의 행복이 나의 행복임을 실천하신 것이지요. 마을 공동체가 해체되면서 우리는 서

로의 기댈 곳을 잃어버렸는지도 모릅니다. 노인의 고독사와 젊은이
의 자살은 우리 서로가 버려둔 이웃의 일이고, 자기 일이기도 합니
다. 점 하나도 찍을 수 없는 세월 앞에 우리는 서로를 칭찬하고 격려
해야 합니다. 그것이 사람의 정이고 이웃의 정입니다. 이것만이 우리
가 슬기롭게 사는 방법이겠지요.

올 한해 모두 애써주신 자원봉사자님과 후원자님 그리고 '노인 요
양원의 꽃' 요양보호사님과 전국의 사회복지사 분들에게 머리 숙여

감사와 존경한다는 말씀을 지면으로나마 전합니다.

여러분이 진정 이 시대의 기버(giver)이십니다.

해제를 꿈꾸며

1판 1쇄 인쇄 | 2023년 5월 15일
1판 1쇄 발행 | 2023년 5월 22일

지은이 | 원상 스님
사　진 | 장명확
펴낸이 | 김경배
펴낸곳 | 시간여행
디자인 | 디자인[연:우]
등　록 | 제313-210-125호 (2010년 4월 28일)
주　소 | 경기도 고양시 덕양구 지도로 84, 5층 506호(토당동, 영빌딩)
전　화 | 070-4350-2269
이메일 | jisubala@hanmail.net

종　이 | 화인페이퍼
인　쇄 | 한영문화사

ISBN 979-11-90301-26-8 (03810)